영원한 귓속말

일러두기

* 시집의 제목은 본 시리즈를 함께한 박연준 시인의 덧글(144쪽)에서 따왔다.
* 시인들의 사진은 일괄적으로 저작권자를 생략하였음을 밝혀둔다.

문학동네시인선 050 기념 자선 시집
영원한 귓속말

펴내며

2011년 1월에 첫 세 권을 낸 문학동네시인선이 50권에 이르렀다. 회고의 시간을 가져볼 만한 시점이라 여겨 여기 특별한 시집 한 권을 펴낸다. 그동안 문학동네시인선에 동참해준 시인들이 자신의 시집에서 한 편의 시를 고르고 짧은 산문을 보내주었다. 그중 한 시인의 산문에서 맞춤한 표현을 얻어 이 시집의 제목으로 삼는다. 시가 '영원한 귓속말'이라면, 그것은 시가 특별한 종류의 언어적 실천이라는 뜻이고 그 실천이 멈춰서는 안 된다는 뜻이다.

마셜 매클루언은 오래전에 '미디어는 메시지(message)이자 마사지(massage)'라고 말한 적이 있지만, 그와는 다른 맥락에서, 시는 메시지이고 또 마사지이다. 인류가 오랫동안 연마해온 말하기 기술(스토리, 이미지, 사운드)을 동원하여 어떤 취지를 가장 놀라운 방식으로 전달할 때의 시는 '언어를 통한 메시지'이고, 말들이 무슨 취지를 실어나르기보다는 저 자신을 돌아보고 돌보면서 한 공동체의 퇴락한 말들에 다시 생명력을 불어넣을 때의 시는 '언어에 대한 마사지'이다.

시가 그토록 대단한가. 그렇다면 시는, 있으면 좋은 것인가 없으면 안 되는 것인가. 소설과 영화와 음악이 없는 삶을 상상할 수 있다면 시 역시 그렇다. 그러나 언어는 문학의 매체이기만 한 것이 아니라 삶 자체의 매체다. 언어가 눈에 띄게 거칠어지거나 진부해지면 삶은 눈에 잘 안 띄게 그와 비슷해진다. 그래서는 안 된다고 생각하는 마음들이 계속 시를 쓰고 읽을 것이다. 시가, 없으면 안 되는 것이 아니라 해도, 시가 없으면 안 된다고 믿는 바로 그 마음은, 없으면 안 된다.

그간 이 시인선을 기획해온 이들은 문학동네시인선이 지난 삼 년 동안 문단 동료들과 시집 독자들의 기대에 부응했는지 반성하는 와중에 중요한 사실들을 뒤늦게 깨달았다. 그중 하나는 한국의 시가 아직 가지 않은 길이 많다는 것이고, 다른 하나는, 시집이 시보다 먼저 만들어질 수도 있다는 사실이다. 이 알쏭달쏭한 말의 의미를 앞으로 출간될 시집들이 밝혀 보여줄 것이다. 그러니 (보들레르의「여행」풍으로) 시여, 젊은 선장이여, 때가 되었다, 닻을 올리자!

2014년 3월
문학동네시인선 기획위원

차례

문학동네시인선 001 **최승호** 시 집 **아메바**

최승호 | 1954년 강원도 춘천에서 태어났다. 1977년『현대시학』을 통해 등단했다. 시집으로『대설주의보』『세속도시의 즐거움』『반딧불보호구역』『그로테스크』『고비』『아메바』『허공을 달리는 코뿔소』등이 있다. 숭실대 문창과 교수로 재직중이다.

58 아직 태어나지 않은 책

아직 태어나지 않은 책은 물렁하다. 뭐라고 말할 수 없는 반죽덩어리, 그 물렁물렁한 책을 베개 삼아 나는 또 시상(詩想)에 잠긴다.

58-1

물감을 베고 누운 화가처럼
물렁물렁한 책을 베개 삼아
나는 시상에 잠긴다

58-2

밀가루반죽을 베고 누운 요리사처럼
물렁물렁한 책을 베개 삼아
나는 또 시상에 잠길 것이다

58-3

젖소의 늘어진 젖통을 베고 누워 있는 목동처럼
물렁물렁한 책을 베개 삼아
나는 또 시상에 잠길 것이다

흘러가는 뭉게구름엔 마침표가 없다

물렁물렁한 책의 마침표들은 물렁물렁해야 하지 않을까.

고요 속으로 증발하는 물방울들처럼……

문학동네시인선 002 **허수경** 시집 **빌어먹을, 차가운 심장**

허수경 | 1964년 경남 진주에서 태어났다. 1987년『실천문학』을 통해 등단했다. 시집으로『슬픔만한 거름이 어디 있으랴』『혼자 가는 먼 집』『내 영혼은 오래되었으나』『청동의 시간 감자의 시간』『빌어먹을, 차가운 심장』이 있다.

그림자의 섬

기적을 원하던 사람들은 끔찍한 그림자를 보기 위해 길을 떠나기도 한다 문득 폭풍이 오고 있는 오후면 그런 생각이 든다

그림자 1 : 당신이 나에게로 왔다 신문을 보여주었다 신문 안에는 양의 뒷다리가 들어 있었다 뒷다리는 아직도 걷고 있는지 피를 흘렸다

그림자 2 : 당신이 다시 나에게로 왔다 귤 검은 귤 나는 전등 밑으로 귤을 가져가보았다 울퉁불퉁한 표면, 달이었다 아니, 도굴꾼이 들끓던 남 이라크에 있는 옛 수메르인들이 살던 도시 우마였다 우마의 옛 이름은 전갈 그 이름은 전갈이 되어 달의 화구 속에서 기어나왔다

그림자 3 : 당신이 다시 왔다 나에게로 오지는 않았다 당신은 창가에 서 있었다 창가에 서 있는 당신의 얼굴 위로 매일 매일 뉴스를 전해주던 여자의 얼굴이 겹쳤다 매일 매일 구십 분 동안 한 운동장을 맴돌기만 하는 늙은 축구 선수의 얼굴이 겹쳤다 피파가 다가올 시즌을 위해 내놓은 새 축구공 같은 당신의 얼굴이었다

그림자 4 :

종이는 마냥 고요하고
마치 종이의 피부 속으로 모든 감각은 해를 뒤로하고 침
몰하는 것 같다

종이의 피부
종이의 고요
꿈의 피부

색깔들이 불륜하는 그림 속을 걸어다닌다
음악을 보기 위해 바다 갈매기들이 바위에 앉아 있다
입장권을 지불하지 않아 음악당 바깥에 서 있던 가난한
연인 같았다
언어를 번역하기 위해 저렇게 멀리서 왔던 구름도 있었다
우주의 번역기를 발명하기 위하여 한 세월을
천 세월로 살았던 유령도 있었다

한밤에 갑자기 눈을 뜬다 아주 깊은 잠 속에서 갑자기 눈

을 뜰 때
　공포가 올 때, 그건 삶이나 죽음이나 그런 것들 앞에서의
공포가 아니었다, 다만 갑자기 미아가 되어버린 느낌이었
을 뿐이었다

　그건 표현의 괴물, 표현의 독재자였다, 그림자를 끌고 가
는 유사태양이었다
　아침에 일어나면 유사태양의 딸 하나가 내 이불에서 오래
울다가 어디로 가버린 것 같다

모든 이름의 그림자와 함께

나는 네 그림자를 붙들고 갔다. 언젠가 있었던 모든 이름
의 그림자를.
너를 증언할 증거는 이제 얼마 남지 않았으나
불면의 밤 동안 그 그림자를 붙들고 먼 대양을 걸어갔다.
나는 안다, 어느 참지 못한 순간에
아주 오래전 이 지구에 있었던 너도
나처럼 모든 이름의 그림자를 붙들고 불면의 대양을 걸
었다는 것을.

문학동네시인선 003 송재학 시집 내간체(內簡體)를 얻다

송재학 | 1955년 경북 영천에서 태어났다. 1986년『세계의문학』을 통해 등단했다. 시집으로『얼음시집』『살레시오네 집』『푸른빛과 싸우다』『그가 내 얼굴을 만지네』『기억들』『진흙 얼굴』『내간체(內簡體)를 얻다』『날짜들』이 있다.

죽은 사람도 늙어간다

울 어머니 매년 사진관에 다녀오신다
그곳에서 아버지 늙어가시니
어머니 미간의 지층을 뜯어내면
지척지간 아버지 주름이다
굵은 연필이라면 머리카락 몇 올 아버지 살쩍에 옮겨
늙은 목탄풍으로 바꾸는 게 어렵지 않다지
그때마다 깃 넓은 신사복은 찡그리면서
아버지, 어머니 그림자처럼 늙으신다
하, 두 분은 인중 닮은 이복남매 같기도 하고
오누이 같기도 하고

어머니의 고민은 할미의 얼굴로
어떻게 젊은 남편을 만나느냐는 것이지만
하, 이별의 눈과 입도 한 사십 년쯤 되면
다정다감하거나
닳아버리고
걱정하면서도
설렌다,
라고 되묻는 식솔들이 생기나보다
집이 생긴 별의 식솔들도 따라오나보다

불행한 결말을 보다

모래장(葬)이니, 소금장(葬)이니 하면서, 시집『내간체(內
簡體)를 얻다』에서 내가 기대어본 장(葬)은 죽음 이전의 소
멸에 더 가까운 이미지들입니다. 죽음과 소멸은 다른 개념으
로 정치하게 가름해야겠지만, 장의 이미지를 풍경 속에 구겨
넣었기에 명멸하는 소멸에 더 가깝습니다. 장의 의미를 죽음
과 소멸 사이의 진자운동처럼 사용했을 때 내 심리와 사물
들 사이에서 운동하던 장을 베낀 것이기도 합니다. 운동하던
장이기에 심하게 브라운운동을 했던 장일 터이고, 여기저기
촉수를 내밀어보던 감각의 장일 겁니다. 그러한 장들은 장이
내게 손 내민 경우도 있고 내가 장의 손목을 잡아준 측면도
많습니다. 첨언하자면 장의 감각 또는 물질화라는 게 더 정
확할 겁니다. 이것은 감각에 의존하는 자의 심리적 편애입니
다. 감각이야말로—스스로 항상 모더니스트였습니다—사물
의 본질에 가장 가깝게 다가가는 방식이라고 생각합니다. 사
물의 외형은 사물의 내면이라는 생각. 흔히 우리가 외연과 내
포라고 시의 구조를 거칠게 규정할 때 외연과 내포도 직유하
자면, 같은 본질이 빚어낸 일란성 쌍생아라고 할 수 있지요.
시의 비밀은 모두 사물에 내재해 있다는 점에서 시의 출발점
은 사물에 관한 철저한 인식에 있을 겁니다. 그 통로로 저는
감각을 찾은 것입니다.

문학동네시인선 004 **김언희** 시집 **요즘 우울하십니까?**

김언희 | 1953년 경남 진주에서 태어났다. 1989년 『현대시학』을 통해 등단했다. 시집으로 『트렁크』『말라죽은 앵두나무 아래 잠자는 저 여자』『뜻밖의 대답』『요즘 우울하십니까?』가 있다.

바셀린 심포니

내가 사랑하는 것은
북두칠성의 여덟번째 별

내가 사랑하는 것은
혓바닥에 구멍을 내고야 마는 추파춥스

내가 사랑하는 것은
아침 새를 잡아서 발기발기 뜯고 있는 고양이

내가 사랑하는 것은
발광하는 입술과 피를 빠는 우주

내가 사랑하는 것은
지금 막 방귀를 뀌려고 하는 오달리스크

내가 사랑하는 것은
직장(直腸)에 집어넣은 탐스러운 폭탄

내가 사랑하는 것은
벼락 맞을 대추나무에 열린 벼락 맞을 대추

내가 사랑하는 것은
금방 뱀에 물린 당신의 얼굴

부재중

책을 끝내는 것은 아이를 뒤뜰로 데려가 총으로 쏴버리는 것과 같아, 카포티가 말했습니다. **은둔자는 늙어가면서 악마가 되지,** 뒤샹이 말했습니다. **웃다가 죽은 해골들은 웃어서 죽음을 미치게 한다네,** 내가 말했습니다.

종이가 찢어질 정도로 훌륭한 시를, 용서할 수 없을 정도로 잘 쓰고 싶었습니다.

문학동네시인선 005 **조인호** 시집 **방독면**

조인호 | 1981년 충남 논산에서 태어났다. 2006년 『문학동네』를 통해 등단했다. 시집으로 『방독면』이 있다.

스스로 재래식무기(在來式武器)가 된 사나이
―불발탄의 뇌(腦)관은 '빵과 우유'를 생각한다

1

스킨헤드 소년이 빨간 마스크를 쓴 채 N서울타워 꼭대기
위에 서 있다

철탑 밑으로 케이블카가 멈춰 있다 지상에서, 불발탄을
어깨에 짊어진 사나이가 우뚝 선 철근콘크리트 구조물을 향
하여 육탄돌격한다

해발 479.7m
철탑 101m
탑신 135.7m

거대한 구름기둥과 불기둥 속,
스킨헤드 소년은 탑이 움직이는
두렵고 경건한 음성을 들었다

그 탑이
대륙간탄도미사일처럼 상승하는 것인지
우르르 땅속으로 무너져내리는 것인지
알 수 없었다

그 탑이 사라진 후
원숭이 두개골을 닮은 스킨헤드 소년은
지상(地上)에 고아처럼 버려졌다

　2
11번가 철근콘크리트 공사장,

　그때 인부들이 불발탄을 발견한 것은 한낮은 무더운 폭염
(暴炎) 속이었다 포클레인이 붉게 녹슨 그것을, 땅속에서
서서히 퍼올렸을 때

붉게 탄 석탄 같은 광대뼈와
횡단철도 같은 쇄골을 가진
한 사나이의 어깨 위,

묵직한 해머처럼 얹혀 있던 불발탄이여

한낮의 태양 아래
붉게 녹슨 그것이, 한 사나이의 어깨 위에서 역사하고 있

— 었다

3
보아라, 불발탄을 어깨에 짊어진 채 북(北)으로 행군하는
한 사나이가 있다
그는 스스로 재래식무기가 된 사나이다
그는 철과 화약을 먹고 회귀하는 사나이다
그는 외부의 충격에 분노하는 사나이다

그가 군사분계선(軍事分界線)을 넘어서자,

그곳엔 콘크리트의 대지가 무한궤도처럼 영원히 펼쳐져
있었고

밤하늘의 별빛은 가시철조망처럼 숭고했다

비로소
빵과 우유가 그려진 정물화처럼
사나이는 노동을 멈췄고,

—

지평선 끝에서 원시의 두개골처럼 새벽이 밝아올 때

사나이는
불발탄의 뇌관을
해머로 내리쳤다

불가능에 가까운 촛대

죽은 멧돼지 옆에, 그는 모닥불을 피웠다. 그리고 은백색 엽총의 개머리판에 얼굴을 기댄 채 타들어가는 불씨만을 하염없이 바라볼 뿐이었다.

그는 성경책을 펼쳤다.

나의 가는 길은 오직 그가 아시니
그가 나를 단련하신 후에는
내가 정금(正金) 같이 나오리라

그는 성경책을 덮었다.

눈밭을 푸르게 물들이며 동이 터오고 있었다. 저멀리 희뿌연 눈안개에 갇혀 있던 봉우리가 그 모습을 선명하게 드러냈다. 그는 이제 자신이 무엇을 해야 할지 잘 알고 있었다. 그것은 그가 오랫동안 간절히 원하던 일이었다.

멧돼지를 끌고, 저 봉우리를 오르리라.

그는 자리에서 일어나 군용 배낭 안에서 등산용 밧줄을 꺼냈다. 밧줄로 멧돼지의 뒷발을 단단히 묶었다. 그는 멧돼지를 끌고, 봉우리를 향해 걸어가기 시작했다.

한 걸음 내딛기 무섭게 그의 발은 미끄러졌고, 멧돼지의 무게로 팽팽한 밧줄은 그의 어깨를 고통스럽게 짓눌렀다.

그는 채 열 걸음도 떼지 못한 채 눈밭에 주저앉아버렸다. 식은땀이 흐르고, 두 손이 덜덜 떨렸다. 그러나 그는 다시 일어섰다.

한 걸음, 다시 한 걸음.

멧돼지의 무게를 고스란히 짊어진 채 그는 봉우리를 향해 걸어갔다. 비틀비틀 가파른 능선을 거슬러오르는 그의 등은 굽어 있었다. 멧돼지는 거대한 그림자처럼 그의 뒤를 쫓아 끌려갔다.

높다란 봉우리는 좀처럼 그를 허락하지 않았다.

군용 배낭을 짊어지고 엽총을 어깨에 멘 채 밧줄로 멧돼지를 끌며 눈 쌓인 비탈을 거슬러오르는 것은 그에게 불가능에 가까운 일이었다.

그것은 고된 노동이자, 엄격한 형벌이었다.

봉우리에서 불어오는 강풍이 그를 밀어내고 또 밀어냈다. 그는 눈밭에 파묻힌 채 그가 짊어진 모든 것을 그대로 내려놓고 싶었다. 그에게 죽음은 너무나 쉬운 선택일 뿐이었다. 그러나 죄는 그렇지 않았다. 죄는 죽음 이후에도 영원한 것이었다.

자신의 등을 채찍으로 내리치는 죄를 생각할수록…… 자신의 어깨를 짓누르는 죄를 생각할수록…… 그는 초인적인 힘을 낼 수 있었다.
한 걸음. 다시 한 걸음.
그것만이 그가 할 수 있는 유일한 속죄였다.

문학동네시인선 006 **이홍섭** 시집 **터미널**

이홍섭 | 1965년 강원도 강릉에서 태어났다. 1990년『현대시세계』를 통해 등단했다. 시집으로『강릉, 프라하, 함흥』『숨결』『가도 가도 서쪽인 당신』『터미널』이 있다.

터미널 2

강릉고속버스터미널 기역자 모퉁이에서
앳된 여인이 갓난아이를 안고 울고 있다
울음이 멈추지 않자
누가 볼세라 기역자 모퉁이를 오가며 울고 있다

저 모퉁이가 다 닳을 동안
그녀가 떠나보낸 누군가는 다시 올 수 있을까
다시 돌아올 수 없을 것 같다며
그녀는 모퉁이를 오가며 울고 있는데

엄마 품에서 곤히 잠든 아이는 앳되고 앳되어
먼 훗날, 맘마의 저 울음을 기억할 수 없고
기역자 모퉁이만 댕그라니 남은 터미널은
저 넘치는 울음을 받아줄 수 없다

누군가 떠나고, 누군가 돌아오는 터미널에서
저기 앳되고 앳된 한 여인이 울고 있다

객(客)의 노래

시집 『터미널』에 실린 시들을 쓰는 동안 나는 내내 터미 널에 서 있었다.

터미널에 서 있으면 인간의 근원 고통인 생로병사(生老病 死)와 애별리고(愛別離苦)가 환하게 보였다. 언제나 어른일 것만 같았던 아버지께서는 어린 아이처럼 변해버리셨고, 늘 곁에 있을 것만 같았던 사람은 내가 모르는 곳으로 떠나가 버렸다. 태어나고 죽고, 만나고 헤어지는 인연의 아픔이 터 미널에 사무쳤다.

어두운 밤, 터미널에 서서 하나둘 켜지는 인근 모텔들의 불 빛을 바라보면 그 하나하나가 별이고, 사람이고, 행성인 것 처럼 여겨졌다. 지구에 사는 인간 개개인도 저 불빛처럼, 별 처럼, 행성처럼 우주의 한 터미널을 지나가는 객이구나 하는 깨달음이 왔다. 그 깨달음은 막 떨어지는 한 점 꽃잎처럼 참 으로 슬펐다.

옛 선객(禪客) 한 분이 입적을 앞두고 자신의 일생을 돌 아보면서 "바람 팔아 구름 사고 구름 팔아 바람 사니, 살림 살이 바닥나고 뼛속까지 가난하네"라고 노래한 바 있다. 어 디 이 선객뿐이겠는가. 못난 살림에 애면글면 시를 쓰는 시 객(詩客) 역시 바람 팔아 구름 사고, 구름 팔아 바람 사는 존재가 아니던가. 터미널에서, 나는 그렇게 배웠다.

문학동네시인선 007 **정한아** 시 집 **어른스런 입맞춤**

정한아 | 1975년 경남 울산에서 태어났다. 2006년 『현대시』를 통해 등단했다. 시집으로『어른스런 입맞춤』이 있다.

론 울프* 씨의 혹한

론 울프 씨가 자기 자신을 걸어나와 불 꺼진 쇼윈도 앞에 서자 처음 보는 아지랑이가 피어오른다. 하나의 입김으로 곧 흩어질 것 같은 그의 영혼. 그러나 이 순간 그는 유일무이한 대기의 조각으로 이 겨울을 견디고 있다. 그의 단벌 외투를 벗겨간 자들에게 그는 반환을 요구할 의사가 없다. 처음부터 외투는 그의 것이 아니었을지도 모른다.

이 겨울은 끝날 기미를 보이지 않는다. 그에게는 친구가 셋 있었는데 하나는 시인, 하나는 철학자 그리고 자기 자신이었다. 그들은 자존심이라는 팬티만 걸치고 혹한을 견디려는 그의 무모한 결심을 존중해주었지만, 이 존중이 그의 저체온증을 막아주지는 않을 것이었다.

그는 스테판에게 말했었다; 저 육각의 눈 결정이 아름답다면, 보이지 않는 내 영혼의 아름다움은 어떤 돋보기가 결정해주는가. 나는 갈비뼈가 드러난 한 덩어리의 공허다. 이 것이 나라면, 나는 나를 견디는 것이다. 이 결심의 무한한 휘발성이, 자네는 보이는가.

그는 분명히 엘리아스에게도 말했었다; 누추한 영혼들이

새까말 정도로 **빽빽한** 군중을 이루고 있는 저곳으로, 나는 들어가지 않을 것이다. 어떠한 협회에도 가입하지 않을 것이다. 나 자신의 변호인단이 될 것이다. 이 결심의 자발적인 선의를, 자네는 이해하는가.

론, 제발 쉼터에 들어가게. 자존심보다 생존이 중요하지 않은가.

두 친구는 각자 털장갑과 낡은 목도리를 벗어주었었다. 그는 흐느낌이 새어나오지 않도록 세심하게 성량을 조절해야 했다. 그는 곧 이 조절의 기예가 될 것이다. 아지랑이 한 줌의 절도를 누구도 강탈할 수 없을 것이다, 감당할 수 없을 것이다.

내가 자네들을 불편하게 만들고 있군.

반짝이는 육각의 표창들이 제 과녁으로 쏟아졌다. 아무도 그의 외투를 위해 투쟁하지 않을 것이다. 그들은 오래전에도 한 남자의 옷을 제비 뽑아 나누고 그에게 가시로 만든 왕관을 씌워준 적이 있다. 그건 그나마 잘 알려진, 따뜻한 나라의 이야기.

이제 그는 한밤의 쇼윈도 앞에서 자기의 시선으로 자기의
얼굴을 투과한다. 제 뒤통수가 아니라 다른 겹의 세계를 문
제삼은 자. 이 결빙한 눈-사람은 녹지 않고 단호한 매무새
로 어디론가 사라질 것이다.

오, 그 결심의 유해함을, 그의 증발을, 누가 알아챌 것인가.

* 론 울프(Lonne Wolff): 생몰 연대 미상. 욥(Job), 트래비스(Tra-
vis), '지하 생활자' 또는 시오도어 카진스키(Theodore Kaczynski),
티머시 맥베이(Timothy McVeigh) 등 여러 이름으로 알려진 그는,
잊을 만하면 공공기관 앞에 발자국과 혈흔, 해독하기 힘든 낙서를 남
기고 사라진 수수께끼 같은 인물로, 스스로를 '하느님과 법이 없으
면 잘 살 사람'으로 불렀다고 알려져 있다. 혹자들은 그가 재림 예
수, 이 시대 마지막 금욕주의자, 타락한 현대판 차라투스트라, 모든
무정부주의자의 전범이라고 한다. 그러나 이러한 명명들은 불명확
한데, 그것은 그가 세속적인 낭만주의가 정의하는 모든 종류의 환
상을 거부하였음이 최근에 밝혀졌기 때문이다(이 환상에는 처형당
함으로써 봉기를 촉발한 혁명가, 순교자, 그리고 망치나 사제 폭탄
을 든 게릴라나, 평화를 선전하며 구원을 설파한 보헤미안의 이미지
도 포함된다).

모든 일은 오늘 일어난다

타자(他者)가, 세계가, '나'에게 주어졌다는 것은 절반만 진실이다. 세계가 '나'에게 온 그 순간, '나' 역시 이 세계에 왔다. 이 세계와 공집합을 합집합으로 가졌으나 명확히 상동관계는 아닌, 무언가 낯선 것으로서. 내가 세계를 받아들여야 하는 것과 마찬가지로, 세계 역시, 이제까지 없었던 무언가를 포함하고 있는 '나'를 받아들여야 한다. '나'는 무언가 유해할지도 모르는 것을 흘리고 다닌다. 기억하지 못하는 형태로, 그 흔적은 어쩌면 내 안에 저장되어 있을 것이다. 지나온 자리들의 어떤 이미지, 소리, 색깔, 향기 들. 그리고 누적되는 저장물들의 거듭되는 양질전화. 그것을 담아두는 용기. 특정 모양의 용기—나, 타자.

무엇인가가 이질적인 '나'로 하여금 그만큼이나 이질적인 '당신'을 만나도록 이끌어왔다. 그때, 눈앞에 있는 당신의 얼굴은 세계의 얼굴이 된다. 우연과 필연이 서로를 혼동한다. 그리고,

모든 일은 오늘 일어난다. 마치 처음 일어나는 일처럼. 모든 과거가, 모든 미래가, 모든 가능한 일이, 오늘, 여기에서, 지금, 벌어진다. 그 무시무시한 엄습 앞에서 누가 떨지 않을 수 있을 것인가? 예감과 기억이 동의어가 된다. 미처 기억하지 못했던 기억마저 된다. 그 기억마저 예감했다고 가

정된다. 끔찍할 정도로 생생한 실감은 이 모든 것을 함축한
다. 어떻게 할 것인가?

……그는 그것을 두려움 속에 받아적는다. 그것은 역사,
일종의 역사이겠지. '나-타자'와 또다른 '나-타자'인 당신
사이에서, 그러니까 한 세계와 다른 세계 사이에서, 동시에
그 모든 '나-타자'들 안에서 일어나는 세계사이겠지. 세계가
누락한 세계사이겠지. 그 세계는, '이것은 책상이다'나 '당신
을 사랑합니다'만큼 불확정적이며, 무슨 설(說)과 론(論)도
없고, 찰나 속에 부정과 긍정을, 구축과 해체를 반복하며, 자
주 다른 차원으로 이동한다.

그 세계는 이 세계에, 당신들의 얼굴에 겹쳐져 있다. 우리
가 잠꼬대를 할 때, 사랑에 취해 속삭일 때, 우리는 그 세계
의 정거장에 이미 도착해 있는 것이다. 속속 도착하는 사람
들의 기적 소리로 충만한 정거장에.

모든 일은 오늘 일어난다.

문학동네시인선 008 **성미정** 시집 **읽자마자 잊혀져버려도**

성미정 │ 1967년 강원도 정선에서 태어났다. 1994년『현대시학』을 통해 등단했다. 시집으로『대머리와의 사랑』『사랑은 야채 같은 것』『상상 한 상자』『읽자마자 잊혀져버려도』가 있다.

김혜수의 행복을 비는 타자의 새벽

잠에서 깨버린 새벽 다시 잠이 오지 않아
뒤척이다가 생뚱맞게 김혜수의 행복을
빌고 있는 건 인터넷 메인 뉴스를 도배한
김혜수와 유해진의 열애설 때문만은 아닌 거지

김혜수와 나 사이의 공통분모라곤
김혜수는 당연히 모르겠지만
신혼 초 살던 강남 언덕배기 모 아파트의
주민들이었다는 것
같은 사십대라는 것 그리고
누구누구처럼 이대 나온 여자
가 아니라는 것 정도지만

김혜수도 오늘밤은 유해진과 기자회견
사이에서 고뇌하며 나처럼 새벽녘까지
뒤척이는 존재인 거지 그래도 이 새벽에
내가 주제 높게 나보다 몇 배는 예쁘고
돈도 많은 김혜수의 행복을 빌고 있는
속내를 굳이 밝히자면

잠 못 이루는 밤이 점점 늘어만 가고
오늘처럼 잠에서 깨어나는 새벽도
남아도는데 몽롱한 머리로 아무리
풀어봐도 뾰족한 답이 없는 우리 집
재정 상태를 고민하느라 밤을 새느니
타자의 행복이라도 빌어주는 편이
맘 편하게 다시 잠드는 방법이란 걸
그래야 가난한 식구들 아침상이라도
차려줄 수 있다는 걸 햇수 묵어
유해진 타짜인 내가 감 잡은 거지

오늘 새벽은 김혜수지만 내일은 김혜자
내일모레는 김혜순이 될 수도 있는
이 쟁쟁한 타자들은 알량한 패만
들고 있는 나와는 외사돈의 팔촌도 아니지만
그들의 행복이 촌수만큼이나 아득한 길을
돌고 돌아 어느 세월에 내게도 연결되지
말라는 보장도 없지 않은가

그러니 사실 나는 이 꼭두새벽에

생판 모르는 타자의 행복을 응원하는
속없는 푼수 행세를 하며 정화수 떠놓고
새벽기도 하는 심정으로 나의 숙면과
세 식구의 행복을 간절히 빌고 비는
사십 년 묵은 노력한 타짜인 거지

수정

　어릴 적 강가에서 햇빛에 유난히 반짝이는 돌을 주운 적
이 있다
　겉보기엔 평범한 돌멩이인데 살짝 갈라진 틈이 있고
　그 안에 유치처럼 수정 같은 것이 몇 개 올라와 있었다
　당시에 나는 책에서 수정에 물을 주면 자란다는 이야기를
읽은 적이 있어
　그 돌멩이를 집으로 모셔와 아침저녁으로 물을 주고 햇
빛을 쬐는 등
　식물을 키우듯 정성을 들였다
　다른 사람들 눈에는 그냥 돌멩이에 불과한 그 돌은 나의
수정이 되었다
　투명하고 뾰족한 것이 자라기를 간절하게 기다렸다
　그때 그 돌멩이는 이미 어디론가 사라졌고
　수정이 자랐는지는 기억도 희미하지만
　돌멩이에 물을 주던 마음으로 시를 만나는 순간이 있다
　평범하고 무덤덤한 것들에서 수정이 자라는 순간이

문학동네시인선 009 **김 안** 시집 **오빠생각**

김안 | 1977년 서울에서 태어났다. 2004년 『현대시』를 통해 등단했다.
시집으로 『오빠생각』이 있다.

거미의 집

골목마다 웅크린 차가운 빛의 알갱이들. 저 한 떼의 시간
이 흐르고 나면 당신의 가슴도 텅 빈, 말라비틀어진 두 개의
주머니에 불과하겠지. 이제 여기에 무엇을 담을 수 있을까,
쓸쓸하고 고통스럽게 들춰보며 당신은 당신이 좋아하던 뾰
족한 지붕이나 분홍빛 솔, 따뜻한 마늘빵 같은 것들을 고요
하게 바라보겠지. 의자는 날이 갈수록 우울해지겠지. 모자
를 삐뚜름히 쓴 늙은 우체부가 페달을 밟으며 당신에게 다
가와 귓속으로 뜨거운 입김을 불면, 당신의 주머니는 쓸쓸
한 짐승의 꿈으로 부풀어오르겠지. 당신이 포옹했던 모든
것들이 절벽이 되겠지. 그때면 모두 죽어 침대 속에 숨겨두
었던 우리의 귀마저 멀고 언어의 부스러기들만 창백하게 빛
나고 있겠지. 당신은 시인처럼 몇 해 동안 몸속에 품고 있던
돌멩이를 끄집어내 햇볕에 비춰보며 돌의 핏줄이라든가 국
적 따위를 읊겠지. 그러고는 골목 구석 쥐새끼처럼 검고 작
고 털이 보송보송한 당신의 시간을 향해 내던지겠지. 이제
막 익기 시작한 열매들을 가득 품은 정원은 쏟아지는 햇볕
속으로 천천히 걸어가고 마을은 혼자 불타오르다 구름바다
위로 떠오르고, 당신은 철학자처럼 눈을 껌벅이며 바라보다
희미하게 희미하게 귀가 없는 자들을 위한 노래를 부르겠
지. 그러고는 당신의 눈동자와 혀와 흰 손가락과 여윈 종아

리를 당신의 주머니 속에 담겠지. 정오를 달려가는 악몽이
거나 혹은 무덤이 되겠지. 이윽고 성난 시간의 쥐들이 당신
을 깨물면 당신의 텅 빈, 말라비틀어진 두 개의 주머니의 결
을 이루던 거미줄은 찢겨진 채 너풀거리겠지. 더이상 그 어
떤 것도 걸려들지 않겠지.

내 쓰기의 운명

청춘이 끝나니 서정이 끝났다. 이미지를 잃었다. 이제 무엇을 쓸 수 있을까, 이제 무엇을 말할 수 있을까, 오래도록 고민하며 써왔다. 내게 첫 시집은 이 고민이 시작되기 전과, 이 고민과 맞닥뜨리자마자의 기록이다. 그리고 몇 년이 흘렀다. 자고 일어나면 손가락이 없어져 있었다. 밤이 손가락을 씹어 먹는 날이 계속되었다. 말이 쏟아져나오던 시절과, 말이 사라지는 소리에 귀기울이는 시절 간의 거리가 너무 멀어 되돌아갈 수 없었다. 두려웠고, 두렵기 때문에 비굴하게 늙고 싶지도 쓰고 싶지도 않았지만, 때론 이 쓰기라는 직업은 하염없이 부질없어 나의 일상조차도 나락으로 떨어져버리게 했다. 부질없는 쓰기의 나날들이 이어질수록 나의 쓰기에는 단정(斷定)의 단어들이 많아진다. 단정(斷定)의 단어들은 방어기제다. 나의 쓰기는 나를 무엇으로부터 보호하고 싶어하는 것일까. 용기를 내어, 첫 시집을 펼쳐본다. 부끄러워 출간 후 제대로 정독해보지 못한 첫 시집의 마지막 시에는 텅 비어 말라비틀어진 젖가슴이 바람에 출렁이고 있었다. 더이상 그 어떤 것도 걸려들지 않는 찢겨진 거미의 집이 놓여 있었다. 어쩌면 이것이 나의 쓰기의 운명은 아닐까. 나는 이 운명으로부터 나의 쓰기를 보호하고 싶은 것은 아닐까.

이제 무엇을 쓸 수 있을까. 이제 대체 무엇을 말할 수 있
을까.

문학동네시인선 010 **조동범** 시집 **카니발**

조동범 │ 1970년 경기도 안양에서 태어났다. 2002년 『문학동네』를 통해 등단했다. 시집으로 『심야 배스킨라빈스 살인사건』 『카니발』이 있다.

저수지

여자가 떠오른 것은 저물녘의 마지막 순간이었다.

여자가 떠오른 순간 파문이 일었고, 파문을 따라 해넘이
의 붉은빛이 넘실댔다.

여자가 떠오른 것은 바람이 잔잔해진 적막 속에서였다.
다시 바람이 불었고, 바람을 따라 산그림자가 서늘하게 내
려앉았다.

여자의 등은 단호하게 하늘을 향하고 있다.

등을 돌린 채, 저수지의 바닥을 바라보고 있다. 바닥의, 깊
은 어둠을 굽어보고 있다. 어둠을 훑는 여자의 시선을 따라
저물녘의 마지막 순간이 사라진다.

여자는 무엇을 놓고 왔는지, 하염없이

저수지의 바닥을 바라보고 있다. 마지막까지 바라보아야
할 것이 있던 것인지, 여자의 시선은

처연히 어둠을 헤집고 있다. 창백한 어둠 속에 시선을 풀어
눈물을 뚝뚝, 흘리고 있다.

쏟아지는 눈물을 닦지도 못하고,

여자의 양팔은 저수지의 바닥을 향해 있다. 무엇을 잡으
려 했는지, 무엇을 건지려 했는지.

뻗은 손의 끝은 힘없이 굽어 있고

수초처럼, 여자의 팔이 느리게 흔들렸다.

여자의 신발이 발견되었다고도 하고, 여자의 목걸이가 발견되었다고도 했다. 저수지를 향하던 여자의 발자국을 따라 풀이 눕기도 하고 그녀의 구두가 남긴 무늬를 따라 숲의 어둠이 들어섰다고도 했다. 저물녘의 마지막 순간과 해넘이의 산 그림자가 사라지는 계절이었다.

아직, 눈을 감지 못한 것인지, 지금도 여자는

스윙 스윙 그리고 스윙

스스로의 힘으로 목적지에 도달할 수 없을 때, 우주선은 스윙바이(swingby)라는 우주 비행법을 이용한다고 한다. 스윙바이는 가고자 하는 행성이나 다른 행성의 중력을 이용한 우주 비행법이다. 이것은 갈릴레오호가 목성을 탐험할 때 실제로 사용한 비행법이기도 하다.

나는 최근「스윙 스윙 그리고 스윙」이라는 시를 쓰며 갈릴레오호의 스윙바이와, 그만큼 느려진 행성의 속도에 대해 생각했다. 삶이나 시 모두, 스윙바이를 이용해 비행하는 우주선처럼 스스로의 힘으로 목적지에 도달할 수 없는 것일지도 모른다. 갈릴레오호가 금성과 지구의 중력을 이용하여 목적지인 목성에 겨우 도착할 수 있었던 것처럼, 우리의 삶과 시 역시 그런 악전고투의 연속일 것이다.

나의 시쓰기는 언제나 그런 악전고투의 연속이었다. 견디지 않으면 안 되는 순간들이었기에, 그것은 견딜 수밖에 없는 것들이기도 했다. 갈릴레오호가 목성의 지표면과 충돌해 사라진 것처럼, 언제고 나의 시쓰기 역시 그런 운명을 맞이하게 될지도 모른다. 하지만 분명한 것은, 악전고투 끝에 맞이할지도 모를 파국이 불행만은 아닐 것이라는 거다. 그저 묵묵히, 묵묵히 쓸 뿐이다.

문학동네시인선 011 **장이지** 시집 **연꽃의 입술**

장이지 │ 1976년 전남 고흥에서 태어났다. 2000년 『현대문학』을 통해 등단했다. 시집으로 『안국동울음상점』 『연꽃의 입술』 『라플란드 우체국』이 있다.

One Fine Day

어머니는 거울 속
화장의 나라에 가 계셔서
나는 갈 수가 없고
어느 맑은 날
능소화가 엷은 졸음에 겨워
고개를 주억거린다.
꿀벌들이 분주하게
빛 무더기를 부려놓고 가는
돌 마당 사이에서 자란 잡초
풀꽃들 곁에 서서
어느 바다에서 꾸어 온
푸름을 잔뜩 가진 하늘을 올려다보면
하얀 우주선……
다 알고 계시네, 우주선은
누가 착한 앤지 나쁜 앤지.
세상은 휴거라도 된 것처럼 조용하고
문밖으로 나가자 머언 지평선이 달려온다.
누군가 대지를 이불 털듯 털어서
반듯하고 아득하게 펴는구나.
먼지가 풀풀 날리는 시골길을

어머니 같은 여자가
조가비로 만든 예쁜 지갑을 옆에 끼고
한들한들 가고
눈이 부신 어느 맑은 날
구름을 따라 길을 가면은,
구름은 자재로이 모습을 바꾸고
길은 돌아갈 길을 잊은 것처럼
문득 뒤를 돌아보아도.

기교소년(技巧少年)의 기갈

『연꽃의 입술』에 실린 시들을 쓰고 있었을 때, 나는 인생에서 아주 힘든 시기에 접어들고 있었다. 정말 할 줄 아는 것이라고는 시 쓰는 것밖에 없구나. 오랜 학생 시대를 접고 사회인이 되고 보니 문득 그런 생각이 들었다. 정말 한심한 인생이구나!

돌이켜보면 한심한 나날들이었지만, 이 시기에 나는 가장 열심히 시에 대해 생각하고, 이런저런 형식을 실험해보기도 했다. 잘 썼다거나 못 썼다거나 하는 것과는 다른 이야기다. 그 시들은 내가 아주 오래전에 쓰고 싶어했지만, 쓰지 못했던 것들이었다. 그리고 그것들은 지금 다시 쓸 수는 없는 것들이기도 하다. 우울한 기교소년이 기갈 속에서 써내려간 작업노트 같은 느낌도 있다.

제목의 '연꽃'은 부처가 앉는 '연좌(蓮座)'에서 착상한 것이다. 부처는 연좌를 떠나 거리 속으로 떠났고, 연좌는 비어 있다. 그 공허를 어떻게 메울 수 있을 것인가 고민하면서 쓴 시들이 이 시집에 실린 시들이다.

2011년 12월의 어느 날, 홍대 쪽의 카페에서 출판기념회를 했다. 그날 이 시집의 편집자이자 십년지기인 김민정이 와서 눈물을 보였던 것이 기억에 남는다. 원고가 넘어가고 나서 시집이 나오기까지의 시간이 길어서 미안했던 모양이었다. 그 마음씀씀이가 고마워서 나도 속으로 운 기억이 있다. 생각해보면 첫 시집도 두번째 시집도 그녀의 넉넉한 마음씨가 아니었다면, 빛을 보지 못했을 것이다. 불과 2년이 조금 더 되었을 뿐인데, 길은 어느덧 돌아갈 길을 지우고 앞으로 나아가라고 재촉한다. 사는 것이 다 그렇다고 하기에는 마음이 마구 흔들린다.

문학동네시인선 012 **윤진화** 시집 **우리의 야생 소녀**

윤진화 │ 1974년 전남 나주에서 태어났다. 2005년 세계일보 신춘문예를 통해 등단했다. 시집으로 『우리의 야생 소녀』가 있다.

독수리 사냥 십계명

1. 구름 위에 걸터앉지 말라.
조울증이 쉽게 전염된다.

2. 해와 달 가까이 날아가지 말라.
외로운 것들을 건들면 더 외로워진다.

3. 바람에게 안부를 묻지 말라.
정착하지 못할수록 그것에 간절하다.

4. 비와 눈을 조심하라.
어느 때, 갑자기 돌변해서 뒤통수를 적실지 모른다.

5. 특히 시인과 아이들을 조심하라.
순수할수록 망설이는 시간 내내 고통스럽다.

6. 가급적 무리 지어 다니지 말라.
당(黨)을 지으면 비린 소문과 먹이 때문에 다투게 된다.

7. 가난하고 높게* 지내는 것을 부끄러워 말라.
시간과 공간이 나를 위해 열린다.

8. 나무에 기대어 배워라.
한자리에서 꼼짝 않고 있는데도, 먹이를 찾는다.

9. 사냥감의 목을 단번에 물어뜯어라.
냉정은 서로의 과거를 묻지 않는다.

10. 사냥한 곳을 다시 기웃거리지 말라.
후회가 기다렸다는 듯 웃는다. 그러면 죽는 수가 있다.

* 백석, 「흰 바람벽이 있어」에서.

안부

잘 지냈나요?
나는 아직도 봄이면서 무럭무럭 늙고 있습니다.
그래요, 근래 '잘 늙는다'는 것에 대해 고민합니다.
달이 '지는' 것, 꽃이 '지는' 것에 대해서도 생각합니다.
왜 아름다운 것들은 이기는 편이 아니라 지는 편일까요.
잘 늙는다는 것은 잘 지는 것이겠지요.
세계라는 아름다운 단어를 읊조립니다.
당신이 보낸 편지 속에 가득한 혁명을 보았습니다.
아름다운 세계를 꿈꾸는 당신에게 답장을 합니다.
모쪼록 건강하세요.
나도 당신처럼 시를 섬기며 살겠습니다.
그러니 걱정 마세요.
부끄럽지 않게 봄을 보낼 겁니다.
그리고 행복하게 다음 계절을 기다리겠습니다.

문학동네시인선 013 **천서봉** 시 집 **서봉氏의 가방**

천서봉 | 1971년 서울에서 태어났다. 2005년『작가세계』를 통해 등단했다. 시집으로『서봉氏의 가방』이 있다.

행성 관측

불행이 따라오지 못할 거라 했다.
지나친 속도로 바람이 지나갔고 야윈 시간들이
머릿속에서 겨울, 겨울, 우는 소리를 들었다. 그리고
지나치게 일찍 생을 마친 너를 생각했다.
대개 너는 아름다웠고 밤은 자리끼처럼 쓸쓸했다.
실비식당에서 저녁을 비우다 말고 나는
기다릴 것 없는 따스한 불행들을 다시 한번 기다렸다.
하모니카 소리 삼키며 저기 하심(河心)을 건너가는 열차.
왜 입맛을 잃고 네 행불의 궤도를 떠도는지.
콩나물처럼 긴 꼬리의 형용사는 버려야겠어,
말하던 네 입술은 영영 검은 여백 속으로 졌다.

그래도 살자, 그래도 살자.
국밥 그릇 속엔 늘 같은 종류의 내재율이 흐르고
사람을 끌어당기는 건 여전히 사람이지만
나는 더이상 사람을 믿지 않는다.

여기 서봉氏는 없다

활자가 종이보다 텅 비어 보이던 시절이 있었다. 살의(殺意) 가득한 질문이 날이면 날마다 외판원처럼 벨을 누르던 날들이었다. 응답할 수 없음에 기척을 감추고 오래 숨어 살았다. 대처 불가능한 하나의 우주는 그렇게 시작되기도 한다.

그런 눈으로 나를 쳐다보지 마라. 우물쭈물했던 말(言)들은 추상인가? 상징을 지우는 일은 어떻게 소용되는가? 빛이 들지 않는 곳의 음지식물은 누가 키우는가? 비약되거나 생략된 당신은 끝내 되돌아올 수 없는 것인가?

정설과 본질은 다른 차원의 것이다. 애원과 사태(事態)가 별개의 것이듯. 당신의 귀환은 애초부터 불가능해 보이고 그리하여 상처가 상처를 낳는 낙막과 다복 속에서 나는 이렇게 하나의 땅을 얻는다. 더럽고 지리하고 구멍 같고 여전히 파루 같은.

그러니 서봉氏가 여기 살고 있으리라 생각지 마라. 집이 없는 생각들, 생각이 사라진 집들, 그 부근에는 언제나 낡은 질문이 창궐할 테고 쓸쓸한 아이와 빈 종이가 풍성할 것이니. 아, 이제야 나는 당신을 보낼 수 있을 것 같고 비로소 만난 것도 같다.

문학동네시인선 014 **김형술** 시집 **무기와 악기**

김형술 │ 1956년 경남 진해에서 태어났다. 1992년 『현대문학』을 통해 등단했다. 시집으로 『의자와 이야기하는 남자』 『의자, 벌레, 달』 『나비의 침대』 『물고기가 온다』 『무기와 악기』가 있다.

무인도

　수심 깊이 물휘돌이 거느린 깎아지른 벼랑으로 서서 쪽배
한 잎 허락지 않는 네 무언의 거부는 두려움이다. 두려워 소
름 돋는 아름다움이다. 몸속 한 모금의 물, 한 포기의 풀마
저 버리기 위해 만난 안개와 태양을 어느 가슴이 헤아릴 수
있을까. 헤아려 어느 물너울에 새길까.

　수평선은 절대권력이다. 산 것들의 노래와 울음, 노회한
시간들의 기호와 상징, 그 어느 것도 가로막을 수 없는 힘으
로 달려가는 저 완강한 직선을 너는 꺾어놓는다. 무심히, 문
득 멈춰 세운다. 방점, 깃발, 음표, 표지판…… 누구도 규정
짓지 못하는 너는 아무것이며 아무것도 아니므로 자유, 누
구의 침범도 규정도 불가능한 완벽한

　언어를 버려서 너는 언어다. 사방 드넓게 열린 언어만이
사나운 바람을 길들이지 않는다. 수면과 구름 사이 제멋대
로 오가며 바람은 함부로 발자국을 남기지만 너는 여전히
요지부동, 점점 꽃씨 같은 별들이 흩뿌리는 생생한 날것의
눈빛에도 흔들리지 않는, 세상의 중심 깊숙이 내린 너의 뿌
리는 어둡고 차고 향기로울 터.

어떤 뭍의 비유도 범접하지 못하는 묵언의 자존 하나가 거
기 있다. 떠나고 또 떠나서 아주 멀리. 아무것도 가지지 않
아 강건한 빈 마음으로 서 있는 듯 떠다니는 듯.

나비

망망대해에서 종종 나비를 만난다. 부산항 외항에서 대마
도 사이, 대마도에서 일본 본토 규슈 열도 사이. 주변에서
흔히 보는 노랑나비 혹은 흰나비다. 의아하다. 저 조그만 나
비는 무슨 일로 혼자 큰 바다를 건너가나. 바다를 건너 어디
로 가나. 일만 톤 이만 톤짜리 대형 선박 곁을 지나치는 김
에 갑판 난간에 앉아 날개라도 잠시 쉬지. 나비는 선박 따위
거들떠보지도 않고 제 길만 간다. 부산항과 대마도 사이, 대
마도와 규슈 연안 사이엔 무인도가 없다. 쉴 곳이래야 고작
파도에 흔들리는 부표, 암초를 피해가라는 지시등뿐이다.
나비는 어디서 쉬면서 바다를 건너나. 땅 저쪽 어딘가엔 해
마다 나비떼가 바다를 건너오는 바람에 사람들이 축제를 열
어 맞이한다지만 혼자 바다를 건너가는 나비라니. 팔랑팔랑
움직이는 손톱만한 날개가 폭풍우를 만나면 어떡하나. 어디
서 비바람을 피하나. 제 목숨이 시키는 거라면 무리라도 지
을 일이지. 아니 그냥 지상과 꽃잎 사이 허공을 제 영토로 가
지면 안 되나. 바다를 거울처럼 들여다보며 나비는 혼자 바
다를 건너간다. 너 누구냐. 물어보기도 힘든 나비 한 마리.

문학동네시인선 015 **장석남** 시집 **고요는 도망가지 말아라**

장석남 │ 1965년 인천에서 태어났다. 1987년 경향신문 신춘문예를 통해 등단했다. 시집으로 『새떼들에게로의 망명』 『지금은 간신히 아무도 그립지 않을 무렵』 『젖은 눈』 『왼쪽 가슴 아래께에 온 통증』 『미소는, 어디로 가시려는가』 『뺨에 서쪽을 빛내다』 『고요는 도망가지 말아라』가 있다. 한양여대 문창과 교수로 재직중이다.

하문(下間) · 1

눈 오는 날엔
말을 트자
눈 속
드문 드문
봄동 배추
그렇게
말을 트자

눈이 녹으면 다시
서로는
말을 높이자

그리하면 나는
살이 없으리

그리하면 너도
살이 없으리

기름진 것 먹지 말고
말을 트자

사라지는 여정

제주도로 향하는 선실에서였다. 나는 혼자였는데 한 아가
씨가 좁은 나만의 선실에 나타났다. 단번에 나는 그녀에게
로 나의 정념이 다 쏟아져가는 것을 알 수 있었다. 푸른 이
마에 늘어진 머릿결과 가지런한 눈썹 아래 검고 깊은 두 눈
이 빛난다. 침침함 속에서도 그 눈은 주변의 모든 형체들,
색채를 어김없이 눈동자의 표면 위에 상처 하나 없이 띄워
놓았다. 나는 그녀에게서 눈을 뗄 수 없었고 나의 눈은 젖어
들었고 나의 모든 피는 그녀에게로 흘러가는 듯했다. 처음
으로, 생애 마지막일 듯이 나는 그녀를 바라보며 몸과 정신
을 어찌할 수가 없었다. 나는 배가 제주도에 닿을 것이 두려
워지기 시작했다. 참으로 두려워지기 시작했다. 무엇을 어
떻게 하기에 시간이 너무 짧다. 너무나도 짧다. 나는 제주도
에 가는 까닭을 잊었고 그곳에 가는 이유가 사라졌으며 그
곳이 이 세계에 있는 줄도 몰랐다.

위의 이야기는 허구이다. 그러나 위의 이야기에는 학생들
의 용어를 빌면 비유(比喩)라는 것이 좀 있겠다.

문학동네시인선 016 **임현정** 시집 **꼭 같이 사는 것처럼**

임현정 | 1977년 서울에서 태어났다. 2001년 『현대시』를 통해 등단했다. 시집으로 『꼭 같이 사는 것처럼』이 있다.

나무 위의 고양이

오렌지주스 병을 핥던 때처럼
온통 오렌지빛으로 물들었지

이 도시의 가로등 불빛은
녹슨 피조차 오렌지주스야

언젠가 꽃 모가지를 리본으로 묶은 걸 보았어
그녀도 그렇게
툭툭 팔을 분지르며 곤두박질쳤지
네가 모가지에 칭칭 감아준
질긴 전화선
난 이 도시의 색소가 좋아

이 흥건한 오렌지빛 핥을 수도 없어
먹통처럼 발자국이 남지 않는
무서운 길을 네가 지나갔지

그녀를 탬버린처럼 흔들던
가쁜 숨소리가 사라진 은행나무 아래는
둥근 마침표처럼 부드러운 흙이야

뽀족한 화살은 노란 중심으로 날아가 박혀 그러니까
그 눈빛은 네 거야

잃어버린 물건, 네 가슴팍에 놓고 갈게
하얀 장갑과 검은 눈동자
그리고 수소풍선처럼 날아가버린
털을 곤두서게 하는 오렌지빛 비명도

축하해, 야옹

요상맞은 아코디언

십 년 만에 얻은 첫 시집이다. 남들은 두어 권 씩 내는 세월에 (울트라 슈퍼 초능력자들은 3~4권을 내기도!) 가까스로 한 권을 냈다. 뭐, 나쁘지 않다. 덕분에 내 시집은 느닷없이 창고에서 발견한 전설의 아코디언처럼 기이한 음색을 연주하는 악기가 되었으니까.

'도'에서 '레'까지 건너뛸 때 삼백육십오 개의 음색이 일제히 튀어오르는 별난 악기. '미'에선 젖비린내가, '파'에선 고양이 울음소리가 잡음으로 섞여 들려오는 그런 악기.

'솔' 다음에 '라'는 들리다 마는, '시' '도'는 아직 만들어지지도 않은 그런 악기. 그렇게 없는 음계로도 이 노래 저 노래 제멋대로 잘도 연주하는 무지막지한 악기.

마음에 꽃사태를 일으키는 아이돌이 속사포 랩을 내뱉어도, 구닥다리 디스코로 버젓이 바꿔놓는 그런 악기. 자글자글한 주름이 널을 뛰는 할망구가 백 년 전 노래를 청승맞게 불러제껴도 최신 뽕짝으로 뒤바꿔놓는 그런 악기. 그러니까 애들은 가.

장돌뱅이 약장사처럼, 자부한다! 한 장 한 장 넘길 때마다, 그 시절의 음색으로 연주하는 막무가내의 시가 튀어나올 거라는 걸.

그 속에서 당신은 손목에 붕대를 감고 다니는 처녀애와

마주쳤다가, 젖몸살을 앓고 있는 서러운 어미와 마주쳤다
가, 당신을 향해 손을 내미는 거울 속, 상처입은 짐승과 마
주칠 것이다.

문학동네시인선 017 **김병호** 시집 **포이톨로기**(poetologie)

김병호 │ 1967년 서울에서 태어났다. 1998년 『작가세계』를 통해 등단했다. 시집으로 『과속방지턱을 베고 눕다』 『포이톨로기(poetologie)』가 있다.

이야기의 역사 2

밤은 없다 밤에게로 걷는 골목이 긴 어둠으로 절여져 있기
에 저기 무언가 어둡다 멀수록 더 짙어지는 것, 밤과 나 사
이의 어두운 간격이 밤이다

그는 사건이었고 나는 순간이었다

사분사분 암흑을 도려내는 먼지의 잔영에 따르면
내가 포함된 변화는, 사랑은 서 있지 않는다
아직 빗물 고이지 않은 하나 발자국이 말하길
태초부터 사건은 없었으며 모두가 엮인 이야기가 전부였
다 사랑은 그랬다
어느 곳 어느 순간에나 있는 건 사건들 사이를 출렁이는
물결뿐이었다
영원은 그랬다

나를 한 장의 사진으로 오해한 그가 스스로 동떨어진 사
건이라고 위로한 계절 동안 세상에는 아무것도 없었기에 그
는 관계이고 나는 변화이다

그와 내가 함께 있으면 우주이고 그에게서 나를 덜어내

먼 처음이다

태어나지 못한 말의 무덤

변기에 고봉으로 쌓인 똥을 물끄러미 바라보다 사뭇 숙연해진다. 시 또한 내 몸에서 나온 것일진대 그러나 그 앞에서만은 항상 엄살을 떠는 내 정신을 따라가는 길은, 고향 떠난 똥냄새 안개가 자욱하다.

길에서 먼저 만난 것은 차마 하지 못한 말이었다. 이것은 기어이 허공을 떠돌며 제 몫의 시간을 응고시키는 간수로 작용하기에 말은 하얀 어둠 속에서 길을 잃고 차마 하지 못할 말로 쓰러졌다. 어이없는 길이었다. 그러나 거기서 깨친 사실 하나는 하지 못한 말은 쓰지 못한 시로 죽지 않는다는 것이다.

시에는 못 한, 못 할 말들이 화강암을 이루는 얼룩으로 박혀 있었다. 희뜩 내 목을 겨누고 날아오는 금속성의 비명에 쫓겨 꿈 밖으로 도망치다가 가장 비굴한 자세로 맞은 아침, 무덤을 보았다. 말의 무덤, 태어나지 못한 말의 미라를 품은 봉분. 오래 사는 방법도 참 여러 가지다.

문학동네시인선 018 **이은규** 시집 **다정한 호칭**

이은규 │ 1978년 서울에서 태어났다. 2006년 국제신문, 2008년 동아일보 신춘문예를 통해 등단했다. 시집으로 『다정한 호칭』이 있다.

아침 꽃을 저녁에 줍다 *

아침 꽃을 저녁에 주울 수 있을까

왜 향기는 한순간 절정인지
아침에 떨어진 꽃잎을 저녁에 함께 줍는 일
그러나 우리는 같은 시간에 머물지 않고

떠도는 발자국 하나
지구의 원점, 그리니치 천문대를 지날 때
흩어진 별들의 고개 기울어지다

알고 있니 천문대의 자오선을 경계로 하루쯤 시차가 난
다는 걸, 그도 괜찮지만 착란은 날짜변경선이 지나는 나라
의 일, 언제나 거짓말 같은 새벽과 짙은 농담의 밤이 찾아
오는 곳

감은 눈동자 위로 반짝이는 열(熱)
이별은 이 별에서 헤어지는 중입니다
새의 깃도 바람에 해어지는 중입니다

기억하자 날짜변경선을 동쪽에서 서쪽으로 넘으면 하루

늦게, 반대의 경우 하루가 빨라진다는 걸, 착란의 시간과 변
하지 않을 운명에 대한 예감은 잠시 접어두기

　문득 망설이던 긴 꼬리별
　역일(曆日)의 선을 그으며 떨어지는 순간

　때를 달리한 연인은
　아침 꽃을 저녁에 주울 수 없고
　우리는 너와 나로 파자(破字)되어 단출할 뿐이다

　이제 잊는 것으로 기다릴까
　향기로운 새의 부리가 전해줄 꽃의 절정
　한 잎은 이쪽으로
　　　　　　　한 잎은 저쪽으로

* 루쉰의 산문, 「朝花夕拾」.

책의 운명은 책에게

첫 시집, 멀리서 가까이서 온 '다정한 호칭'들이 담겨 있
다. 모든 책은 나름의 운명을 갖고 있다는 말을 오래 믿는
다. 아낌없는 응원이 길다. 나를 향해 오고 있을 시와 새로
운 호칭들에 대해 즐겁게, 열심히 상상해보는 나날. 상상
의 힘!

문학동네시인선 019 **김경후** 시집 **열두 겹의 자정**

김경후 | 1971년 서울에서 태어났다. 1998년 『현대문학』을 통해 등단했다. 시집으로 『그날 말이 돌아오지 않는다』 『열두 겹의 자정』이 있다.

문자

다음 생애
있어도
없어도
지금 다 지워져도

나는
너의 문자
너의 모국어로 태어날 것이다

절벽에서

해질녘을 좋아한다. 그러나 그것이 무엇인지 모르겠다.
해질녘…… 해가 저물어갈 즈음…… 이렇게 간결하고 아름
답고 단단한 말인데 모르겠다. 그것이 언제부터인지, 어디
인지, 아침부터 이미 저물고 있는 것은 아닌지, 그것은 있는
것인지 없는 것인지. 캄캄한 동굴 속에서의 해질녘.

사건보다 풍경에 가까운 것, 풍경보다 사라짐에 가까운
것, 사라짐보다 흔적에 가까운 것, 흔적보다 애도에 가까운
것, 애도보다 취기의 절정에 가까운 것, 그리고 아무것에도
가깝지 않은 것, 그러나 사건과 사라짐 사이, 있다와 없다
사이, 말할수록 말할 수 없는 것.

'말할수없는것'이라는 절벽과 저 건너 '말할수없는것'이
라는 절벽 사이 바람이 분다.

문학동네시인선 020 **안도현** 시집 **북항**

안도현 | 1961년 경북 예천에서 태어났다. 1984년 동아일보 신춘문예를 통해 등단했다. 시집으로 『서울로 가는 전봉준』『모닥불』『그대에게 가고 싶다』『외롭고 높고 쓸쓸한』『그리운 여우』『바닷가 우체국』『아무것도 아닌 것에 대하여』『너에게 가려고 강을 만들었다』『간절하게 참 철없이』『북항』 등이 있다. 우석대 문창과 교수로 재직중이다.

그 집 뒤뜰의 사과나무

적게 먹고 적게 싸는 딱정벌레의 사생활에 대하여
불꽃 향기 나는 오래된 무덤의 입구인 별들에 대하여
푸르게 얼어 있는 강물의 짱짱한 하초(下焦)에 대하여
가창오리들이 떨어뜨린 그림자에 잠시 숨어들었던 기억
에 대하여

나는 어두워서 노래하지 못했네
어두운 것들은 반성도 없이 어두운 것이어서

열몇 살 때 그 집 뒤뜰에
내가 당신을 심어놓고 떠났다는 것 모르고 살았네
당신한테서 해마다 주렁주렁 물방울 아가들이 열렸다 했네
누군가 물방울에 동그랗게 새겼을 잇자국을 떠올리며
미어지는 것을 내려놓느라 한동안 아팠네

간절한 것은 통증이 있어서
당신에게 사랑한다는 말 하고 나면
이 쟁반 위 사과 한 알에 세 들어 사는 곱은 자국이
당신하고 눈 맞추려는 내 눈동자인 것 같아서

혀 자르고 입술 봉하고 멀리 돌아왔네

나 여기 있고, 당신 거기 있으므로
기차 소리처럼 밀려오는 저녁 어스름 견뎌야 하네

사이

소란과 침묵 사이에서, 성스러운 것과 속된 것 사이에서, 연역과 귀납 사이에서, 쓰는 것과 쓰이는 것 사이에서, 의도 적인 것과 자연스러운 것 사이에서, 고급과 천박 사이에서, 전쟁과 평화 사이에서, 기계적인 것과 운명적인 것 사이에 서, 고착과 부유 사이에서, 상승과 하강 사이에서, 좌익과 우익 사이에서, 표류와 침전 사이에서, 머리끝과 발가락 사 이에서, 당신과 나 사이에서, 나는 운다.

문학동네시인선 021 김 륭 시집 살구나무에 살구비누 열리고

김륭 | 1961년 경남 진주에서 태어났다. 2007년 문화일보 신춘문예
를 통해 등단했다. 시집으로 『살구나무에 살구비누 열리고』가 있다.

살부림

그대를 사랑한 후 알았다
단말마의 고통을 위해 필요한 건 칼이 아니라
꽃이다,
칼보다 먼 곳에 살던 꽃이 쓰—윽 걸어들어오면서
내게도 급소가 생겼다

모든 칼은 한때 꽃이었다 바람의 발바닥을 도려내던 머리
맡에서 피보다 진한 눈물을 도굴했다 나는, 그대 몸 가장 깊
숙한 곳에서 방금 태어났거나 이미 죽어나간 구름이다

해바라기 꽃대에 목을 꿴 그대 눈빛을 보고 알았다 바람
에 등을 기댈 수 없는 꽃은 칼이 되는 법 내 사랑은 구름 속
에 꽂혀 있던 당신을 뽑아 나무의 허리를 베고 새의 날개를
토막—치면서 시작된 것이다

칼로 물 베기란 붉은 살을 가진 물고기 비늘에 필사된 천
지검법의 하나, 손에 피 한 방울 묻히지 않고 상대를 바닥에
눕히는 필살기여서 죽어도 사랑한다는 독침이 꽂혀 있는 애
무의 마지막 초식이어서

변태가 불가능한 체위다 지상의 모든 사랑은 꽃의 신경
조직과 무당벌레의 눈을 가졌다 늘 손잡이 없는 칼을 품고
다니며 축지법에 능통한 법 훌쩍, 한 손의 고등어처럼 그대
와 내가 다녀온 하룻밤의 별을 식히는 동안 절정을 맞는 것
이다

그대 잠시 한눈파는 사이 급소가 사라졌다
한 번 더 목숨을 버릴 때가 온 것이다
적(敵)의 급소가 곧 나의 급소다,
장미 한 다발 사들고
칼 받으러 간다

마침내 급소가 생겼다

나는 아직 내가 원하는 만큼 사랑하지 못했지만 잠든 지 오래, 가끔씩 음악보다 개소리가 필요한 까닭을 알겠다. 그러니까 내가 사랑한다는 것은 지금 당장 죽겠다는 말의 증거. 혼자 밥 먹는 시간을 신(神)들의 시간이라 부르며 부고(訃告)와도 같은 첫 문장을 찾는다. '키냐르'식으로 말하자면 "바람 말고는 먹을 게 하나도 없어요."

고백건대 살구나무의 열매는 살구가 아니라 허공, 살구나무의 뺨을 만져보던 한순간 내가 태어나기 시작했다는 거지요.

세상 몰래 달에 발을 넣어보고 싶던 나는 아무래도 전생에 눈물 한 토막을 두고 왔기에 내 몸은 영혼을 자주 헛디디나보다. 책장에 꽂혀 있던 책들이 개처럼 짖던 날 밤이었다. 달이 덩그러니 떠 있었는데, 살구나무는 내게 이렇게 짖었다. 나는 아직도 당신을 어떻게 말해야 할지 모르겠소. 그러니까 이건 기적이다. 어쩌면 '죽여주는' 식탁이 있다고 아니, '끝내주는' 여자가 있다고 했는지 모르지만, 부디 인간의 언어보다 흔해빠진 개소리가 아니길.

마침내 내게도 급소가 생겼다.

문학동네시인선 022 **함기석** 시집 **오렌지 기하학**

함기석 │ 1966년 충북 청주에서 태어났다. 1992년『작가세계』를 통해 등단했다. 시집으로『국어선생은 달팽이』『착란의 돌』『뿔랑 공원』『오렌지 기하학』이 있다.

고고는 고고고 다다는 다다다

막이 오른다.

(무대 중앙 둥근 조명. 복화술사 다다가 의자에 앉아 있
다. 손엔 빨간 인형 릴라. 복화술사 앞엔 검은 의자. 관객이
라는 배우가 앉아 있다. 둘 사이로 흰 커튼이 내려져 있다.)

다다: (관객에게) 당신은 악몽이오.
관객: (다다에게) 당신은 누구고 왜 제 꿈에 나타난 거죠?
다다: (인형에게) 어젯밤 유괴된 어린 딸이 살해되었어.
　　　연극할 기분이 전혀 아니야. 오늘 공연을 취소해야겠어.
릴라: (관객에게) 거짓말이에요. 오늘 아침 아파트 계단에서
　　　딸을 봤어요. 어서 커튼을 올리고 연극을 시작하라고 하세요.
다다: (관객에게) 난 당신을 초대한 적이 없소.
　　　미안하오. 요금을 환불해드릴 테니 돌아가시오.
릴라: (깔깔거리며 관객에게) 믿지 마세요. 당신은 현실입니다.

(복화술사 벌떡 일어나 인형을 바닥에 팽개친다. 인형의 빨
간 눈알이 떨어져 커튼 밑으로 굴러간다. 관객은 발밑으로 지
구처럼 굴러가는 눈알을 오래도록 바라본다. 침묵이 흐른 뒤)

릴라: (다다에게) 개새끼! 왜 날 이 지경으로 만들어놓은 거야?

다다: (인형에게) 넌 새빨간 거짓말쟁이니까!

다다: (관객에게) 처음부터 잘못됐어요. 당신도 나도 이 극도 시
      간도! 애초에 당신은 이 환몽의 사실극을 보러 오지 말았어
      야 했어요.

관객: 전 쫓기고 쫓기다 여기까지 온 겁니다.

(조명이 작아진다. 조명이 빈 허공을 비춘다. 혀들이 떠돈
다. 관객이 일어나 천천히 커튼을 젖힌다. 아무도 없다. 검
은 염산구름 고고가 흐늘거릴 뿐 복화술사는 보이지 않는
다. 관객이 깊은 숨을 내쉰다. 구름이 관객의 호흡기를 타
고 몸속으로 침입한다. 관객의 눈이 녹는다. 귀가 녹는다.)

조명이 꺼진다. 어둠 속에서 어둠의 흰 눈꺼풀들이 하나
씩 열리고.

떠도는 혀들: (복화술사의 목소리로) 연극은 이제 끝났습니다.

춤추는 혀들: (빨간 인형의 목소리로) 연극은 이제 시작됩니다.

(관객 뒤의 관객들이 일어서며 욕을 한다. 무대로 의자를

집어던진다. 빈 병을 집어던진다. 그때 깨진 유리 조각 사이
에서 피범벅이 된 말 한 마리 날개를 펴고 날아오른다. 객
석을 지나 공연장 밖의 빌딩 숲으로 날아간다. 숲은 숲 자체
가 거대한 무대이고 가면암투극이 24시간 공연중인 극장.)

막이 오른다. 무대는 회색 대도시. 뉴욕, 도쿄, 파리, 혹은
서울. 거리엔 멩거스펀지 빌딩들, 부피 0 표면적 ∞인 입방
체 기하도시 기하인간들.

무대 중앙엔 둥근 태양. 당신이라는 이름의 마네킹 다다가
벤치에 앉아 있다. 손엔 빨간 인형 릴라가 나오는 시집『오
렌지 기하학』. 당신 앞엔 검은 콘크리트 광장. 피투성이 말
이 서 있다. 검은 유령 고고가 타고 있다.

검은 광장: (빛 속에 서 있던 나무들이 다다를 향해 천천히 걸어온다.)
검은 말: (마네킹에게) 당신은 누구고 왜 제 꿈에 나타난 거죠?
유령 고고: (당신에게) 이제 그만 시집을 덮고 뒤를 돌아보아요.
　　　　　　 난 언제나 거기 있어요. 당신의 가면을 쓰고.

* 릴라(Lila): 가능성을 말하는 것으로 신들의 장난을 뜻함.

말과 침묵

　태양을 향해 날아가는 말을 상상한다. 날아가는 말은 날아가면서 날개부터 녹아 없어진다. 말이 태양을 향해 날아간다는 것은 자신의 죽음, 존재의 자궁이었던 부재의 진공(眞空)으로 회귀하는 것이다. 그러니까 없어진 말 이후에 비로소 시의 말이 시작된다. 이러한 말들과의 섹스, 말의 몸과 나의 몸의 감각적 접촉이라는 에로티시즘 행위와 교감 속에서 나는 계속 불탄다. 현재가 불타며 사라지는 것을 응시하며 현재는 불탄다. 어쩌면 말과 나와 사물의 주검의 재, 그 형체 없는 환영(幻影)이 헛것의 몸을 빌려 잠시 현현하는 것, 그것이 시인지도 모른다. 시는 시를 통해 무엇을 창조하고 의미를 생성하기보다는 무엇에 대한 환멸과 의미의 허구성을 일깨워가는 자각과정인지도 모른다. 없는 말로 없는 대상을 표현하려는 안타까운 사랑의 고투(苦鬪), 그 아픈 흔적들! 의미가 타버린 재인 언어를 통해 인간이 불멸을 꿈꿀 때, 시간은 침묵 속에서 전율할 소멸놀이를 계속한다. 인간이 말로써 말의 사원을 세울 때 시간은 녹아사라질 말의 운명을 보고 인간의 역사와 문명을 허문다. 시는 내 죽음의 현전(現前)이자 사후(死後)의 사태들이다.

문학동네시인선 023 **이현승** 시집 **친애하는 사물들**

이현승 │ 1973년 전남 광양에서 태어났다. 2002년 『문예중앙』을 통해 등단했다. 시집으로 『아이스크림과 늑대』 『친애하는 사물들』이 있다.

따뜻한 비

삼촌은 도축업자
사실 피 묻은 칼보다 무서운 건
삼촌이 막 잡은 짐승의 살점을 입에 넣어줄 때

입속에 혀를 하나 더 넣어준 느낌
입속에선 토막 난 혀들이 뒤섞인다
혀가 가득한 입으론 아무 소리도 낼 수 없다

고기에서 죽은 짐승의 체온이 전해질 때
나는 더운 비를 맞고 있는 것 같다
바지 입고 오줌을 싼 것 같다

차 속에 빠진 각설탕처럼
나는 조심스럽게 녹아내린다
네 귀와 모서리를 잃는다

삼촌이 한 점을 더 넣어준다면
심해 화산의 용암처럼 흘러내려
나의 눈물은 금세 돌멩이가 될 것 같다

한 조각의 시를 위하여

확실성의 노예가 되지 말아야 한다.

그 누구보다도 나 자신을 그렇게 독려해왔다. 비관이나 낙관은 현실의 입장에서 보자면 얼마나 쉬운가. 어느 쪽이든 나약한 정신의 은신처일 뿐이다.

희망이나 절망 없이, 다만 있는 그대로를 받아들이기 위해서는 얼마간 정신의 힘과 용기가 필요하다.

그러나 네 살짜리 아이가 손바닥만한 인형을 다그치는 소리를 들으면서 미안하지만, 자명한 쪽은 언제나 실패이다. 위안을 얻고자 한다면 한 조각 농담을 들려줄 수 있지만, 스스로가 옥수수라고 생각했던 농담 속의 그 남자처럼 어차피 오래 웃을 수는 없을 것이다.

가장 나빴을 때조차 그게 끝이 아니었다는 것, 그게 위로라면 위로일 수도 있겠다.

"좋은 판사보다 더 드문 것은 세상에 없다는 것을 가슴 속 깊이 죽을 때까지 명심하라"라고 말한 것은 쇼펜하우어였다.(『고독에 대하여』) 문제는 비유가 사실을 가리키고 있을 때이다. 전환이 필요한 것은 기분이 아니다. 삶이다. 닭의 모이의 입장도 있는 거니까.

—

—

—

—

문학동네시인선 024 서대경 시집 백치는 대기를 느낀다

서대경 | 1976년 서울에서 태어났다. 2004년 『시와세계』를 통해 등단했다. 시집으로 『백치는 대기를 느낀다』가 있다.

가을밤

어느 가을밤 나는 술집 화장실에서 원숭이를 토했다 차디
찬 두 개의 손이 내 안에서 내 입을 벌렸고 그것은 곧 타일
바닥에 무거운 소리를 내며 떨어져내렸다 그것은 형광등 불
빛을 받아 검게 번들거렸고 세면대 아래 배수관 기둥을 붙
잡더니 거울이 부착된 벽면 위로 재빠르게 기어올라갔다 나
는 술 깬 눈으로 온몸이 짧은 잿빛 털로 뒤덮이고 피처럼 붉
은 눈을 가진 그 작은 짐승의 겁먹은 표정을 바라보았다 나
는 외투 속에 원숭이를 품었다 그것은 꼬리를 감고 외투 속
주머니 안에 얼굴을 파묻은 채 가늘게 몸을 떨었다

내 잔에 술을 채우던 사내가 놀란 눈으로 어디서 난 원숭
이냐고 물었다 「구역질이 나서 토했더니 이 녀석이 나왔네」
나는 잘게 자른 오징어 조각을 원숭이의 손에 쥐여주었다
옆자리에 앉은 사내가 의미심장한 표정으로 천천히 고개를
끄덕였다 「가여운 짐승이군. 자네도 알다시피 그놈은 자네
의 억압된 무의식의 외화된 형체일세」 「그렇겠지」 우리는
오징어 조각을 물어뜯고 있는 원숭이의 작은 주둥이 사이로
언뜻언뜻 드러나는 날카로운 송곳니를 말없이 지켜보았다
「저 이빨 좀 보게. 그리고 저 피처럼 붉은 눈을 보게. 겁먹
은 듯 보이지만 저놈의 본성은 교활하고 잔인하지」 내게 술

124

을 따르던 사내가 경멸 어린 표정으로 속삭였다 「물론 자네
를 공격하려는 뜻으로 하는 말은 아닐세」 나는 쓸쓸한 미소
를 지으며 술잔을 비웠고 자리에서 일어섰다

　나는 원숭이를 품에 안은 채 낙엽 깔린 가로수 길을 걸어
갔다 밤하늘은 맑고 차가웠다 그것은 자꾸만 내 품속으로 파
고들었고 고통스럽게 헐떡거리고 있었다 나는 속삭였다 「슬
프고 고통스럽니?」 「응」 품속에서 원숭이의 힘없이 갈라지
는 목소리가 들려왔다 「나는 너를 부인하고 너를 저주했지.
너를 때리고 너를 목 졸랐다. 하지만 넌 너 자신이 나의 억
압된 무의식이 아니라는 걸 알고 있지」 「응」 「너는 죽고 싶
니?」 「죽고 싶어」 「하지만 넌 나의 환상일 뿐이야」 「죽고 싶
어」 나는 천천히 품속에서 온몸이 오그라든 채 떨고 있는 그
것을 꺼냈다 그것의 짧은 잿빛 털 위로 가을의 가늘고 메마
른 달빛이 눈부시게 반짝였다 「너는 누구니?」 「죽고 싶어」
작고 투명한 핏빛 눈동자가 나를 바라보며 속삭이고 있었다

허공의 부름

　나는 필경사이다. 나는 내가 없는 곳에서 쓴다. 응시와 눈
멂의 동시성이, 선언과 접신(接神)의 동시성이, 꿈꾸기와
받아 적기의 동시성이 나를 찢긴 존재로, 찢김의 틈새로, 무
한한 심연으로, 백치의 허공으로 이끈다. 허공이, 절대적인
도약의 허공이, 내게 받아 적으라, 명령한다. 지워지라고,
그리고 존재하라고.

문학동네시인선 025 **장대송** 시 집 **스스로 웃는 매미**

장대송 │ 1962년 충남 안면도에서 태어났다. 1991년 동아일보 신춘문예를 통해 등단했다. 시집으로 『옛날 녹천으로 갔다』『섬들이 놀다』『스스로 웃는 매미』가 있다.

해질녘 탱고

산을 넘는 해를 보는 노인의 눈 속, 지난해 옮겨 심은 대추나무, 그 늙은 대추나무가 대추 하나 달지 못하고 몸살을 앓는다. 대추나무 가지에 거미줄이 쳐져 있고, 거기 걸려든 잠자리 앞에서 거미가 탱고를 추고 있다.

노을이 흔들린다. 흔들리는 노을을 잡기 위해 구절초 꽃을 바라본다. 길고 긴 목이, 막막함을 몇 번쯤 만났을 성싶은 가느다란 목이 날 애달프게 한다. 내년 이맘때쯤, 이 자리에 저 가느다란 목을 가진 노을이 무성할까.

추암 해수욕장 촛대바위, 저녁 햇볕을 주체할 수 없어, 젖가슴이 한쪽만 있거나 애꾸눈인 과부의 허벅다리를 생각하다가 술 취한 어부가 썰어준 회를 집으려는데, 젓가락, 주책없는 젓가락이, 뽀얀 속살을 보더니, 탱고를 추고 있다.

참꼬막

한살림에서 벌교 참꼬막을 샀다. 입을 헤 벌리고 있다. 살기를 포기하고 그리움까지 놔버린 얼굴을 보고 말았다. 길을 잘못 들어, 갈 데까지 간 꼴이 지금이라면 꼬막에게 뭔가를 물어보고 싶은 생각이 든다.

벌교 출신 선배 시인에게 심심하면 그거 한번 먹어보자고 어깃장을 놓기 시작한 지도 꽤 된 것 같다. 본인도 한 번 못 먹어 봤다고 엄살 피우더니 요 며칠 상간 벌교의 본인 시비 사진을 SNS에 올려놓았다. 고향에 안 가는 줄 알았다.

어디 질문이라는 게 궁금증을 해결할 수 있을까. 해감을 위해 찬물에 넣고 소금을 왕창 집어넣는 일쯤이겠지. 깜짝 놀란 꼬막들이 자기 몸을 물었다. 혀처럼 생긴 속살이 껍질에 물려 이러지도 저러지도 못하고 있다. 몸속의 이물질을 뱉게 한다는 게, 제 살을 물게 했다.

시를 쓴다는 일이 자기 살을 물어뜯고 이러지도 저러지도 못하는 그저 난감한 일이라는 걸 알면서 왜 놓지 못하고들 있을까?

문학동네시인선 026 **김이강** 시집 **당신 집에서 잘 수 있나요?**

김이강 | 1982년 전남 여수에서 태어났다. 2006년 『시와세계』를 통해 등단했다. 시집으로 『당신 집에서 잘 수 있나요?』가 있다.

서울, 또는 잠시

채식주의자처럼
맨발일 때가 좋지

광화문에서 내렸고
서대문까지 걸었다
이렇게 문들 사이로 걸어도
성의 윤곽은 알 수 없는 일
한 언어를 터득하기 위해
사람들이 살다가 죽을까

당신을 위로하고 싶은 마음에
목구멍에 침묵을 걸었는데
그런 건 위로가 아니었을지도 몰라

                    *

모든 것이 순조롭게 끝나는
상한 맛이 나는 영화였다

인사동을 돌아서 천변으로 걸었다

132

오래전엔 여기 어디쯤에서
술에 취한 김수영이 밤거리를 건넜을까
조금 더 걸어가면
이상이 차렸다던 이상한 다방이 있을 것이다

극장에서부터 우연히 앞서 걷던 여학생 둘이서 열띤 토
론을 한다
이 영화는 던져놓은 미끼를 회수하지 않았어. 정말이라
니까.
급하게 판을 접었지. 응. 급하게 접었다니까. 제작비가 부
족했을까.
그게 스타일일 거야. 아. 그런가. 그렇다니까. 신경증일
수도 있어. 일종의.
아, 그런가.

안녕, 아가씨들
당신들의 치아 사이로
바람이 조율되고 있구나

*

퇴근 행렬이 길어진다
남산으로 가서 돈가스를 먹어도 좋겠다고 생각한다
언젠가는 이 세상에서
친구의 집을 향해 걸어가는 사람이 멸종해버릴 것이다

내 신발이 엄청나게 자라고 있다
돈가스를 먹지 못했다
자전거도 없는데 내 친구의 집은 너무 멀기 때문에

*

걸었던 길들을 접어서

가방 속에 넣었다
가방을 어깨에 걸었다

걸었던 마음들이 한꺼번에 밀려오는 일
당신의 윤곽이란 이런 것일까

신발이 필요해
당신에겐 정말로 신발이

체스 게임

꿈에 나는 낯선 공원의 벤치에 앉아 있었다.

한참 후에야 맞은편 벤치에 앉아 있는 사람이

소꿉놀이를 함께했던 K임을 알아차렸다.

그는 너무도 나이들어 있었다. 이십 년쯤은 더 살아온 것

같았다.

나는 그에게 물었다.

체스 게임 하는 방법을 아시나요?

그러자 그는 어깨를 뒤로 젖히며 말했다.

어릴 적에 함께했었잖아.

문학동네시인선 027 **조말선** 시집 **재스민 향기는 어두운 두 개의 콧구멍을 지나서 탄생했다**

조말선 │ 1965년 경남 김해에서 태어났다. 1998년 부산일보 신춘문예와 『현대시학』을 통해 등단했다. 시집으로 『매우 가벼운 담론』 『둥근 발작』 『재스민 향기는 어두운 두 개의 콧구멍을 지나서 탄생했다』가 있다.

손에서 발까지

당신이라는 장소에 도달하기 위해
손에서 발까지 걸어갔어요
이런, 내 손과 내 발인 줄 몰랐는데 말이죠
당신 손은 언제나 내 손만한 심장을 꽉 쥐고 있군요
내 발이 계속 더듬는 이유죠
내 손보다 더 큰 접시가 놓인 밥상 위에서
우리는 접시보다 못한 곳이 되어버리죠
내 입에서 뛰쳐나온 사랑의 밀어가
당신의 방패에 멋지게 꽂힙니다
접시가 흘러넘칩니다
우리가 자꾸 비만이 되는 이유죠
당신이라는 장소에 도달하기 위해
배에서 등까지 걸어갔어요
삽시간에 와락 안을 수도 있지만
그다음엔 무얼 하죠?
걸어가기에는 당신은 꽤 비좁군요
당신이라는 장소에 도달하기 위해
막 내 오른손에 도착한 곳이 당신인가요
당신에게서 당신까지
매일 한 시간 십 분씩만 걸어갈게요

당신이라는 장소에 도착하기 전에
당신은 이미 건강할 거예요

기억의 비만

드디어 오타를 찾았다. 열 번을 넘게 읽고 샅샅이 훑고 난 뒤였다. 정말 샅샅이 훑은 것일까? 오금이 저려온다는 말이 이런 것이겠지 싶도록 미치는 줄 알았다. 분명히 이 시에서 '오타'를 발견한 독자가 둘이나 있었다. 나도 그 순간에 '그 렇군요'라고 했는데 보고 또 보고 다른 책을 열고 다시 보다가 드디어 찾아냈다.

나는 이미 기억의 비만에 빠져 있는 것을 확인했다. 눈이 아무리 있는 그대로 보려고 해도 머리로 기억하고 있는 것을 보고 있었으니 '글자'가 보이지 않는 것이다. 누군가와의 관계도 그런 것이다. 차근차근 진행해야 할 순서를 항상 뒤엎는 것이 나의 선입견과 가정과 섣부른 판단이었다. 그 것은 사고의 비만이 되어 순수한 시력을 가로막고 항상 잘 못 보기, 엉터리 보기를 하고 마는 것이다. 상황을 보는 것도 마찬가지다. 있는 그대로 본다는 것은 결국 내가 가진 생각의 시선으로 본다는 것을 부인할 수 없다. 하지만 잘못 보기가 늘 잘못일까? 때로 그것은 결과가 썩 나쁘지 않을 때가 있으니.

문학동네시인선 028 **박연준** 시집 **아버지는 나를 처제, 하고 불렀다**

박연준 | 1980년 서울에서 태어났다. 2004년 중앙신인문학상을 통해 등단했다. 시집으로 『속눈썹이 지르는 비명』 『아버지는 나를 처제, 하고 불렀다』가 있다.

이게 다예요*

까불고 싶어 지금 노란 하늘이야
관자놀이에 맺힌 너의 활을 좋아해
아슬아슬 떠다니는 네 질투를 좋아해
'실패'라는 긴 칼을 가진 사랑아
내 가장 예쁜 구멍으로 들어오렴
시간에 무성한 털이 자라고 있어
곧 우리는 따뜻해질 거야
몸을 둥글게 말았더니 그만, 뱀이 되고 말았네
뱀, 기다란 시간!
미끄러운 음악이 아침부터 밤까지
꿈,틀,꿈,틀
발목 근처를 핥고
열 갈래의 꼬리로 흐느끼지
너를 먹고 싶다
오후 3시에, 접시에서 만나자
겨울처럼 딱딱한 두상을 가졌으면
내 머릿속에다 알을 까줄래?
오전이 채 시들기 전에 내가 먼저 시들겠지만
(이게 다예요)
네가 골라

A에서 G까지 한꺼번에 웃게 해줄게
까불고 싶어
너를 다 쏟아버린 후
숨막히게 뛰어가고 싶어

* 뒤라스의 책『이게 다예요』에서 제목을 빌려옴.

갓 태어난 망아지처럼

*

끊어질 듯 이어지는 흐느낌, 입술을 비집고 겨우 나오는 말, 갓 태어난 망아지처럼 온몸에 끈끈한 막을 두르고 일어서려 안간힘을 쓰는 말. 이런 것이 시에 가깝다. 숨쉬지 않는 부동의 망아지들이 원망스러운 적 많았으나 혀로 핥으면 살아나기도 했다. 절박함이란 목이 가느다란 것들이 타는 그네다.

*

쓴다는 것은 '영원한 귓속말'이다. 없는 귀에 대고 귀가 뭉그러질 때까지 손목의 리듬으로 속삭이는 일이다. 완성은 없다. 가장 마음에 드는 높이까지 시와 함께 오르다, 아래로 떨어뜨리는 일이 내가 할 수 있는 전부다. 박살은 갱생을 불러온다.

*

끝내 시 속에서, 인생을 탕진하고야 말겠다.

문학동네시인선 029 **신동옥** 시집 **웃고 춤추고 여름하라**

신동옥 | 1977년 전남 고흥에서 태어났다. 2001년 『시와반시』를 통해 등단했다. 시집으로 『악공, 아나키스트 기타』 『웃고 춤추고 여름하라』가 있다.

수피 여자

나의 마당에 자라는 수피 여자야, 잎사귀로는 해를 쏘고
가지가지에 움켜쥔 꽃잎은 말라 떨어지는데 아래로는 핏줄
을 엮어 만든 부름켜의 목걸이 다시 아래로는 실뿌리로 그
악스럽게 그러쥔 이암 사암 다시 아래로는 질척질척, 나의
마당 비밀한 지도를 나는 읽을 수 없어 당분간은 네 안에 살
기로 한다, 나의 마당에 자라는 수피 여자야, 솟구치는 몸
뚱이를 감싸고 떨어지는 물줄기는 무례해서 서글프고 수피
여기저기에 색색이 생장점은 실눈을 뜨고 실눈을 뜬 물관
속에 나는 마치 수은에 잠긴 것만 같아서 너를 안으면 숨이
멎는다 그래 입술을 마주 대면 깊은 물속에서도 숨쉴 수 있
을 것만 같아서, 여자야 너와 오래도록 도사리며 식물이 되
어가는 내 자취를 좇아 네 남은 수피의 연혁을 버릴 수 있
겠니? 천둥과 우레 속에 꺾여 넘어지는 비명으로 나의 마당
에 엎디는 나의 길을 가로막아줄 수 있겠니? 숨죽이며, 나
를 앗아다오 그래 내가 사라지면 내 앗김은 고롱고롱 물이
되어 네게 흐르고 비로소 우리는 울울창창할 테다 나의 마
당에서 뿌리까지 한데 엮인 겨드랑이에 사타구니에 새싹은
돋아, 돋는 싹에 이파리에 우리의 이름을 새기자 그러고는
상냥히 옹얼거리자 가을봄여름겨울 풋잠에 취해 나부끼자
여자야, 웃고 춤추고 여름하리라

결국 아무짝에도 쓸모없는 것들을 모르게 되어버렸구나

한때 사랑은 꼭 같은 물건을 가리킬 때 쓰는 꼭 같은 소리들의 집적이어서, 어둠 속에서 연인과 나누다가 흉악한 정부에게 들킨 것처럼 찬 볼을 비비며 눈동자를 들여다보는 일. 한때 사랑은 추방과 잉여의 작업이어서, 실패한 폭파범이 되어 시(詩)라는 독약 앰플을 깨무는 일. 암호문으로 그린 이진법의 움직씨, 모스부호로 타전하는 아름다운 어찌씨, 난수표를 숨긴 봉투에 적힌 먼 나라의 이름씨. 한때 사랑은 잉여로 허방을 섬기고 불구로 서로를 껴안은 순간 비로소 당신이어서, 헛소동이 깨고 나서도 계속되는 정념의 허방을 벗어나려 안간힘을 쓰는 밀어(密語). 한때 사랑은 오래 귀담아들을수록 내밀해서 점점 달콤해만 가는 거짓이어서, 안을 꽉 채운 밀랍 통 속에 갇힌 파리처럼 당분을 찾아 기웃거리며 날개가 말라가는 것도 모르고 지분거리는 마음. 한때 사랑은 불안한 대기 속에 수많은 날개를 부리는 구름처럼 머흘머흘…… 추문이 꽃사태처럼 바람에 불려간 자리. 한때 사랑은 삶의 음화(陰畵)―척척한 무늬를 두 눈 크게 뜨고 바라보는 일이어서, 불길이 지나간 자리에 타는 화인(火印)처럼 가련한 밀고자의 눈빛은 이렇게 또 남는 것. 나는 여직 사랑을 주제로 한 시를 쓴다. '한때 사랑은……' 하고 읊조리면, 무얼까? 결국 아무짝에도 쓸모가 없는 것들

을 모르게 되어버렸구나. 하지만 아직은 따스하구나. 당신
가슴에 손바닥을 얹는다. 가만가만.

문학동네시인선 030 **이승희** 시집 **거짓말처럼 맨드라미가**

이승희 | 1965년 경북 상주에서 태어났다. 1997년 『시와사람』, 1999년 경향신문 신춘문예를 통해 등단했다. 시집으로 『저녁을 굶은 달을 본 적이 있다』 『거짓말처럼 맨드라미가』가 있다.

그리운 맨드라미를 위하여

죽고 싶어 환장했던 날들
그래 있었지
죽고 난 후엔 더이상 읽을 시가 없어 쓸쓸해지도록
지상의 시들을 다 읽고 싶었지만
읽기도 전에 다시 쓰여지는 시들이라니
시들했다
살아서는 다시 갈 수 없는 곳이 생겨나고 있다고
내가 목매달지 못한 구름이
붉은 맨드라미를 안고 울었던가 그 여름
세상 어떤 아름다운 문장도
살고 싶지 않다로만 읽히던 때
그래 있었지
오전과 오후의 거리란 게
딱 이승과 저승의 거리와 같다고
중얼중얼
폐인처럼
저녁이 오기도 전에
그날도 오후 두시는 딱 죽기 좋은 시간이었고

나는 정말 최선을 다해 울어보았다

어떤 방향도 없이 나는

그 무렵 내가 사랑했던 단어들이 몇 있습니다. 안녕 봄비 폐허 벼랑 여름 불빛 허기 골목 집 그리고 그 모든 것의 같은 말 맨드라미. 새로울 것 하나 없는 진부한 말들. 그런 말 속을 살았습니다. 살고 살고 또 살고 끝까지 죽어라 살자고 했습니다. 그것은 단절에서부터 시작된 말이며, 단절을 통과하는 말이었으며, 다시 단절에 이르러 진부함을 벗고 아름다운 말이 될 때까지, 아니 아름다운 말이 될 수 없을 거라는 믿음으로 밀고 밀어가던 말이었습니다.

어떤 방향도 없이 오직 한 방향으로만 가는 일. 여기까지만, 이쯤에서, 어떻게 하면 가장 정직하게 단절에 이를 수 있는가. 상처 속으로 들어가는 일에 대해 생각했습니다. 피가 나면 피가 나게 두고, 썩어가면 썩어가게 두는 것, 아니 스스로 상처 속에서 자꾸만 몸을 움직여서 상처를 살아내고 싶다는 생각. 아물지 말아라, 죽어도 아물지 않아서 흔적 따위는 생기지 말아라.

그런 날이면 골목마다 맨드라미가 가득했습니다. 학교에 가고, 학원을 가고, 산책하는 모든 길마다 맨드라미가 피었습니다. 손 내밀어도 맨드라미 붉은 손목을 잡을 수는 없었습니다. 그렇습니다. 나는 아직 쓰러질 곳을 찾지 못했습니다.

문학동네시인선 031 **곽은영** 시 집 **불한당들의 모험**

곽은영 │ 1975년 광주에서 태어났다. 2006년 동아일보 신춘문예를 통해 등단했다. 시집으로 『검은 고양이 흰 개』 『불한당들의 모험』 이 있다.

불한당들의 모험 48

*

그곳에, 연어와 갈색 곰과 가볍고 낡은 비행기 한 대

누구와도 말을 하고 싶지 않았어
가만히,
바람과 나뭇잎의 대화를 듣고 싶었다

가끔 일몰별을 따라 북극으로 북극으로
개썰매를 끌고 사냥꾼들이 왔다갔는데
그러나 본디 곰들의 세상

집을 갖는다는 것은 특별한 경험이지
나의 유목지라는 증거니까
이곳의 집은 가벼워서
아름다워

장작불이 흔들리고 있었다
타닥타닥 전해오는 숲의 처음을 읽어주었다

주유소에 기름을 채우는 경비행기들이 얌전하게 줄지어

있는 모습은 평화로웠다
아름다운가 그렇지 않은가
그것은 내게 평화로움을 가져다주는가 마는가의 문제였다

＊

그곳은, 알코올과 슬픔의 삼투압이 잠시 멈추고 무럭무럭
눈이 쌓이고

그렇게 늙지도 않았으나 그렇게 어리지도 않았다
얼음 밑으로 물고기에게 길을 만들어주는 강이 내게 스
며들어왔다
나의 이동 속도는 느려졌고
먼 곳에서 물을 끓이는 당신을 천천히 상상할 줄 알게 되
었다

더이상 걸어갈 땅이 없는 이곳에서 나는 당신을 그렸다
당신은 삶이 멈춘다면
여기까지구나라고 한댔지
그 음절은 바람만큼이나 슬펐고 세상의 보풀을 느끼게 했다

부드러운 눈이 갈라터진 발자국을 덮어주었다
쓰라린 감미로움이 입술에 닿았다
해가 지지 않아도 아름다운 땅이 준 정직한 감정

산불이 쓸고 가도 어김없이 풀들이 자랐구나
칼을 꺼내 망가진 주전자 손잡이의 나사를 풀었다
여기까지 오는 동안
울퉁불퉁한 감정들도 구두 뒤축만큼 닳아졌다

*

그곳, 부드러운 눈이 단단한 결정을 만들었다

뿌리까지 투명한 태양을 찾아 나선 사냥꾼들의
대담한 모험은 진행중이다
거대한 빙하도 바다를 향해 전진한다

머물러 있는 것은 아무것도 없는 이곳

언젠가 나의 이동도 멈출 때가 오겠지만
그 땅이 궁금하지 않아

조금씩 걸어갈 뿐

하얀 벌판을 보며
기지개를 켰다

장작불이 잦아들도록 두었다
큰 사슴이 올지도 모르니까
언젠가 당신에게 이곳의 이야기를 들려주겠지

멀리 천둥소리를 내며 빙하가 물과 만나고 있었다

또하나의 시간이 흐르고 있습니다

장화는 젖었고 발은 시립니다.

잘 지내십니까? 여전히 불친절한 나는 어디로 가는지 지도 한 장 보내지 않고 불쑥 떠났고 여전히 당신은 당신의 궤적을 그리고 있을 것입니다.

나의 걸음은 단모음처럼 가벼웠고 스치는 바람만큼 살랑였지만 선택은 가장 무거운 선택이었습니다. 무엇을 찾아 떠나느냐는 당신의 물음에 나는 여전히 불친절하게도 미소로 답합니다. 당신도 나와 같은 발자국을 찍으며 걷기 때문입니다.

당신이 지금 텁텁한 지하철에 몸을 싣고 있을지 아이의 손을 잡고 칭얼댐을 달래고 있을지 말썽꾸러기 애인의 뒷모습에 눈물을 흘릴지 생각해봅니다. 그것은 계절이 바뀌면 다시 태양의 온기에 잎사귀가 돋아나듯 자연스러운 일입니다. 주전자의 물이 끓는 소리를 들으며 당신에게 초대장을 보냅니다. 당신이 찾아왔을 때 나는 또 어딘가를 가고 있을지도 모르지만 몽상가의 집으로 충분한 작은 의자 하나 놓아두겠습니다.

당신과 내가 서 있는 그곳이 바로 길 끝이라는 것을 나는 구두 뒤축에 다시 새깁니다.

문학동네시인선 032 박 준 시집 당신의 이름을 지어다가 며칠은 먹었다

박준 | 1983년 서울에서 태어났다. 2008년 『실천문학』을 통해 등단했다. 시집으로 『당신의 이름을 지어다가 며칠은 먹었다』가 있다.

꾀병

나는 유서도 못 쓰고 아팠다 미인은 손으로 내 이마와 자신
의 이마를 번갈아 짚었다 "뭐야 내가 더 뜨거운 것 같아" 미
인은 웃으면서 목련꽃같이 커다란 귀걸이를 걸고 문을 나
섰다

한 며칠 괜찮다가 꼭 삼 일씩 앓는 것은 내가 이번 생의 장
례를 미리 지내는 일이라 생각했다 어렵게 잠이 들면 꿈의
길섶마다 열꽃이 피었다 나는 자면서도 누가 보고 싶은 듯
이 눈가를 자주 비볐다

힘껏 땀을 흘리고 깨어나면 외출에서 돌아온 미인이 옆에
잠들어 있었다 새벽 즈음 나의 유언을 받아 적기라도 한 듯
피곤에 반쯤 묻힌 미인의 얼굴에는, 언제나 햇빛이 먼저 와
들고 나는 그 볕을 만지는 게 그렇게 좋았다

희고 마른 빛

잠이 좋다. 사람으로 태어나 마주했던 고민과 두려움과 아픔 같은 것들을 나는 대부분 잠을 통해 해결했다. 애정하던 이와의 헤어짐이나 미래에 대한 걱정이나 끙끙 앓던 신열 같은 것들도 잠을 자고 나면 한결 수월해졌다.

하지만 어떤 기억은 잠으로 해결되지 않는다. 그럴 때 나는 꿈을 부른다. 부른다고 해서 딱히 특별한 의식이 있는 것이 아니라 그냥 잠이 들 때까지 한 가지 생각을 계속 떠올리는 것이다.

요즘 나의 꿈에는 당신이 자주 보인다. 꿈의 장면은 매번 흑백이고 당신은 말없이 돌아앉아 있거나 먼 들판에 홀로 서 있는 것이 보통이다. 하지만 운이 좋은 날에는 얼굴을 마주하고 이야기를 나눌 때도 있다. 그럴 때면 나는 그동안 모아놓은 궁금한 일들을 이것저것 묻기에 바쁘다. '살 만해?' 아니 '죽을 만해?' '필요한 것은 없어?' '지난번에 같이 왔던 사람은 누구야?'

어느 날은 오랜만에 나타난 당신이 하도 반가워서, 꿈속 당신에게 내 볼을 꼬집어달라고 부탁한 적이 있었다. 당신이 웃으며 내 볼을 손으로 세게 꼬집었다. 하지만 어쩐지 하나도 아프지 않았다. 그제야 나는 꿈속에서 지금이 꿈인 것을 깨닫고 엉엉 울었다. 그런 나를 당신은 말없이 안아주었

161

다. 힘껏 눈물을 흘리고 깨어났을 때에는 아침빛이 나의 몸
위로 내리고 있었다. 당신처럼 희고 마른 빛이었다.

문학동네시인선 033 박지웅 시집 구름과 집 사이를 걸었다

박지웅 | 1969년 부산에서 태어났다. 2004년 『시와사상』, 2005년 문화일보 신춘문예를 통해 등단했다. 시집으로 『너의 반은 꽃이다』 『구름과 집 사이를 걸었다』가 있다.

나비를 읽는 법

나비는 꽃이 쓴 글씨
꽃이 꽃에게 보내는 쪽지
나풀나풀 떨어지는 듯 떠오르는
아슬한 탈선의 필적
저 활자는 단 한 줄인데
나는 번번이 놓쳐버려
처음부터 읽고 다시 읽고
나비를 정독하다, 문득
문법 밖에서 율동하는 필체
나비는 아름다운 비문임을 깨닫는다
울퉁불퉁하게 때로는 결 없이
다듬다가 공중에서 지워지는 글씨
나비를 천천히 펴서 읽고 접을 때
수줍게 돋는 푸른 동사들
나비는 꽃이 읽는 글씨
육필의 경치를 기웃거릴 때
바람이 훔쳐가는 글씨

오로지 시로써

산 채로 껍질을 벗기는 것이다. 시를 쓰는 일이란 그런 것이다. 육체를 씻는 정도에 그치는 게 아니다. 내 본디의 육체와 영혼을 두껍게 뒤덮고 오랫동안 살갗 행세를 해온 거짓됨과 무지와 환상의 껍데기를 뜯고 벗기는 것이다. 실상과 허상 사이에 엄연한 그 견딜 수 없는 불일치를 해부하고, 잠든 의식은 부검해보는 것이다. 그리하여 깊고 어두운 나무뿌리의 지하에서 나와, 마침내 내 육체와 영혼의 지평선에 떠오르는 경이로운 일출과 마주서는 것이다.

구름과 집 사이를 걸었다는 말, 내 영혼과 삶의 체위가 몽롱하고 불가사의하던 한때를 묶은 말. 그러나 매정하게도, 밖에서 문을 걸어 잠근 지 오래되었다. 폐관인가, 무문인가. 들어오는 문은 있으나, 스스로 나가는 문은 없다. 다만 누군가가 나를 펼쳐 읽을 때, 나는 잠시 드러날 뿐이다. 오로지 시로써 존재할 따름이다. 나는 시인이다.

문학동네시인선 034 **김승희** 시집 **희망이 외롭다**

김승희 | 1952년 광주에서 태어났다. 1973년 경향신문 신춘문예를 통해 등단했다. 시집으로 『태양 미사』 『왼손을 위한 협주곡』 『달걀 속의 생』 『어떻게 밖으로 나갈까』 『세상에서 가장 무거운 싸움』 『빗자루를 타고 달리는 웃음』 『냄비는 둥둥』 『희망이 외롭다』 등이 있다. 서강대 국문과 교수로 재직중이다.

희망이 외롭다 1

남들은 절망이 외롭다고 말하지만
나는 희망이 더 외로운 것 같아,
절망은 중력의 평안이라고 할까,
돼지가 삼겹살이 될 때까지
힘을 다 빼고, 그냥 피 웅덩이 속으로 가라앉으면 되는
걸 뭐……
그래도 머리는 연분홍으로 웃고 있잖아, 절망엔
그런 비애의 따스함이 있네

희망은 때로 응급처치를 해주기도 하지만
희망의 응급처치를 싫어하는 인간도 때로 있을 수 있네,
아마 그럴 수 있네,
절망이 더 위안이 된다고 하면서,
바람에 흔들리는 찬란한 햇빛 한 줄기를 따라
약을 구하러 멀리서 왔는데
약이 잘 듣지 않는다는 것을 미리 믿을 정도로
당신은 이제 병이 깊었나,

희망의 토템 폴인 선인장……

사전에서 모든 단어가 다 날아가버린 그 밤에도
나란히 신발을 벗어놓고 의자 앞에 조용히 서 있는
파란 번개 같은 그 순간에도
또 희망이란 말은 간신히 남아
그 희망이란 말 때문에 다 놓아버리지도 못한다,
희망이란 말이 세계의 폐허가 완성되는 것을 가로막는다,
왜 폐허가 되도록 내버려두지 않느냐고
가슴을 두드리기도 하면서
오히려 그 희망 때문에
무섭도록 더 외로운 순간들이 있다

희망의 토템 폴인 선인장……
피가 철철 흐르도록 아직, 더, 벅차게 사랑하라는 명령인데

도망치고 싶고 그만두고 싶어도
이유 없이 나누어주는 저 찬란한 햇빛, 아까워
물에 피가 번지듯……
희망과 나,
희망은 종신형이다
희망이 외롭다

희망보다 네가 앞선다는 것

희망은 신성불가침이다. 그러나 어떻게 생각하면 희망은 편집증적 축에 속한 것일 수 있다. "희망만 있다면 너는 무엇이든지 할 수 있어"라는 말 속에는 편집증적 축에 속하는 통합하는 절차, 질서, 완전성, 억압에 순응하고 한계를 인식하는 범위 내에서 주체성, 그리고 자아의 완전성을 가정하는 것 등이 들어 있을 수도 있다(들뢰즈와 가타리)는 것이다. 그것이 "희망의 토템 폴인 선인장"이라는 시구를 낳았다.

물론 희망은 한없이 아름다운 것이고 그것이 없이는 한순간도 살아갈 수 없는 지고지순한 것이기는 하지만 때로 희망은 우리를 억압한다. 즉 '희망'은 우리의 분산되려는 리비도를 영토화하고 그것의 방향을 정해서 일관적으로 유지하려는 끊임없는 압박으로 존재할 수도 있다. 그럼 '희망의 영토화'를 버리고 만다면 인간은 자유로워지고 해방되는가? 들뢰즈와 가타리는 그런 편집증적 영토화를 적극적으로 붕괴시키기 위해 분열증적 축(다양성, 확산, 생성, 유동성, 경계 없애기)이라는 대타 개념을 만들어내기도 했다. 다시 한번. 희망의 편집증으로부터 탈주하면 인간은 행복해지는가? 진흙 부스럭지가 될 것이라고 나는 생각한다.

인간에게는 해체되려는 자아를 모으기 위하여 어쩔 수 없

이 '희망의 영토화'가 긴급히 필요하며 꼭 필요하며 그래서
희망의 종신형을 받고 아가는 또 햇빛 아래 태어난다. 그 아
래 따뜻한 햇볕과 아름다운 지하수가 흐른다는 것은 말할
필요도 없는 일이다. 그러니 희망보다 네가 앞선다는 것, 그
것을 두 손에 꼬옥 쥐고 네가 희망보다 앞서도록 하여라!

문학동네시인선 035 서상영 시집 눈과 오이디푸스

서상영 │ 1967년 강원도 홍천에서 태어났다. 1993년 『문예중앙』을 통해 등단했다. 시집으로 『꽃과 숨기장난』 『눈과 오이디푸스』가 있다.

시의 씨앗

아무래도 씨에서 시가 나온 것 같다
볍씨 콩씨 깨씨 감자씨
그 작은 숨들의 온기가 어른거려
푸른 밀림을 이루고 열매를 맺어갈 때
딱정벌레처럼 몰래 시는 태어난 것 같다

시는 씨에서 나온 것 같다
두식씨 정아씨 순신씨 소월씨
그 의미가 떨어져나간 뒤 찾아드는
고유한 여운이 시가 된 것 같다

아무래도 시는 또 씨로 갈 것 같다
사슴씨 돌씨 소나무씨 도꼬마리씨 바다씨 안녕하세요!
애틋하게 부를 때
달씨 별씨의 비유를 제 몸에 바르며
태양씨의 문법에 따라 시는 무럭무럭 자랄 것 같다

소를 기르다

한때는 시시하지 않은 것은 모두 시라고 시시덕거렸다,
한때는 뿔이라는 말이 좋아 싸돌아다니다가 아뿔싸! 돌아
왔다, 한때는 '결'이 좋아 미친놈처럼 중얼거렸다 물결, 바
람결, 살결, 꿈결…… '인생은 진작부터 외롭고 쓸쓸하였
다'(10년 전인가, 통영 바닷가를 거닐다 시(詩)팻말에서 우
연히 만났던 어느 고교생의 말피〔言血〕)—, 그 인생을 나는
왜 이렇게도 정직하게 살고 있는지. 소소리바람이 술술 불
었다. 너무 멀리 와버린 들판, 야윈 소를 끌고 가다가 문득
푸른 하늘을 쳐다봤다. 소가 울지 않았으면 좋겠다. 산보다,
바다보다, 꽃보다, 관념보다, 멀리 걸어가야 한다.
견디는 것이 아니라 견디면서 나가는 것이 중요하다.

문학동네시인선 036 장옥관 시집 그 겨울 나는 북벽에 살았다

장옥관 | 1955년 경북 선산에서 태어났다. 1987년『세계의문학』을 통해 등단했다. 시집으로『황금 연못』『바퀴소리를 듣는다』『하늘 우물』『달과 뱀과 짧은 이야기』『그 겨울 나는 북벽에 살았다』가 있다. 계명대 문창과 교수로 재직중이다.

붉은 꽃

거짓말 할 때 코를 문지르는 사람이 있다 난생처음 키스를 하고 난 뒤 딸꾹질하는 여학생도 있다

비언어적 누설이다

겹겹 밀봉해도 새어나오는 김치 냄새처럼 숨기려야 숨길 수 없는 것, 몸이 흘리는 말이다

누이가 쑤셔박은 농짝 뒤 어둠, 이사할 때 끌려나온 무명천에 핀 검붉은 꽃

몽정한 아들 팬티를 쪼그리고 앉아 손빨래하는 어머니의 차가운 손등

개꼬리는 맹렬히 흔들리고 있다

핏물 노을 밭에서 흔들리는
수크령

대지가 흘리는 비언어적 누설이다

시, 당달봉사가 되어야 보이는 빛

누구나 하는 말이지만, 시는 생물이다. 그렇다는 건, 시가 리듬을 숙주로 삼기 때문이다. 무릇 모든 살아 있는 것들은 리듬을 가진다. 시가 말랑말랑해지려면 오로지 몸의 들숨과 날숨에 기대야 한다.

그것은 일종의 '들림' 상태를 뜻한다. 작두날 위에 올라간 무당처럼, 백양나무 우듬지에 올라앉은 산새처럼 몸무게를 제로 상태로 만들어야 한다. 언어라는 자전거 안장에 앉아 무작정 페달을 밟아야 한다.

우리에게 지금 필요한 건 용기다. 실패를 두려워하지 않는 용기의 결핍이다. 시는 실패하는 순간에 탄생한다. 왜 아니랴, 이제라도 손발 없는 당달봉사가 내미는 손 잡고 제대로 한번 나자빠지고 싶다.

나이? 시에게, 시인에게 무슨 나이가 있단 말인가.

문학동네시인선 037 **김충규** 시집 **라일락과 고래와 내 사람**

김충규 | 1965년 경남 진주에서 태어났다. 1998년 『문학동네』를 통해 등단했다. 시집으로 『낙타는 발자국을 남기지 않는다』 『그녀가 내 멍을 핥을 때』 『물 위에 찍힌 발자국』 『아무 망설임 없이』 『라일락과 고래와 내 사람』이 있다. 2012년 3월 18일 새벽, 길지 않은 생을 마감했다.

잠이 참 많은 당신이지

오늘 내가 공중의 화원에서 수확한 빛
그 빛을 몰래 당신의 침대 머리맡에 놓아주었지
남은 빛으로 빚은 새를 공중에 날려보내며 무료를 달랬지
당신은 내내 잠에 빠져 있었지
매우 상냥한 것이 당신의 장점이지만
잠자는 모습은 좀 마녀 같아도 좋지 않을까 싶지
흐린 날이라면 비둘기를 불러 놓았겠지
비둘기는 자기들이 사람족이 다 된 줄 알지
친절하지만 너무 흔해서 새 같지가 않지
비둘기가 아니라면 어느 새가 스스럼없이 내 곁에 올까
하루는 길지 당신은 늘 시간이 모자란다고 말하지만
그건 잠자는 시간이 길어서 그래
가령 아침의 창가에서 요정이 빛으로 뜨개질을 하는 소리
당신은 한 번도 듣지 못하지 그게 불행까진 아니지만 불
운인 셈이지
노파들이 작은 수레로 주워모은 파지들이
오래지 않아 새 종이로 탄생하고 그 종이에
새로운 문장들이 인쇄되는 일은 참 즐겁지
파지 줍는 노파들에게 훈장을 하나씩!
당신도 그리 잠을 오래 잔다면

노파가 될 때 파지를 줍게 될 거야
라고 악담했지만 그런 당신의 모습도 나쁘진 않지
잠이 참 많은 당신이지 마부가 석탄 같은 어둠을 마차에
싣고
뚜벅뚜벅 서쪽으로 사라지는 광경을 보지 못하지만
꼭 봐야 할 건 아니지
잠자면서 잠꼬대를 종달새처럼 지저귈 때
바람 매운 날 이파리와 이파리가 서로 입술을 부비듯
한껏 내 입술도 부풀지
더 깊은 잠을 자도 돼요 당신

2012년 2월 24일 메모

절대의 고독은 빙산 속에서나 가능한 일이겠지만, 절대 고독에 가까워질수록 가슴은 더 확장되고 숨결은 평화로워진다.

시가 되려는 입자들이 비눗방울처럼 터진다. 고요히 눈을 감고 그 소리를 듣는다.

문학동네시인선 038 오 은 시집 우리는 분위기를 사랑해

오은 | 1982년 전북 정읍에서 태어났다. 2002년 『현대시』를 통해 등
단했다. 시집으로 『호텔 타셀의 돼지들』 『우리는 분위기를 사랑해』가
있다.

1년

1월엔 뭐든지 잘될 것만 같습니다
총체적 난국은 어제까지였습니다
지난달의 주정은 모두 기화되었습니다

2월엔
여태 출발하지 못한 이유를
추위 탓으로 돌립니다
어느 날엔 문득 초콜릿이 먹고 싶었습니다

3월엔
괜히 가방이 사고 싶습니다
내 이름이 적힌 물건을 늘리고 싶습니다
벚꽃이 되어 내 이름을 날리고 싶습니다
어느 날엔 문득 사탕이 사고 싶었습니다

4월은 생각보다 잔인하지 않습니다
그 이유는 단 하나,
한참 전에 이미 죽었기 때문입니다

5월엔 정체성의 혼란이 찾아옵니다

근로자도 아니고
어린이도 아니고
어버이도 아니고
스승도 아닌데다
성년을 맞이하지도 않은 나는,
과연 누구입니까
나는 나의 어떤 면을 축하해줄 수 있습니까

6월은 원래부터 좋아하지 않았습니다
아무것도 하지 않는다고 해서
내가 꿈꾸지 않는 것은 아닙니다

7월엔 뜨거운 물에 몸을 담가봅니다
그간 못 쓴 사족이
찬물에 용해되었습니다
놀랍게도, 때는 빠지지 않았습니다

8월은 무던히도 무덥습니다
온갖 몹쓸 감정들이
땀으로 액화되었습니다

놀랍게도, 살은 빠지지 않았습니다

9월엔 마음을 다잡아보려 하지만,
다 잡아도 마음만은 못 잡겠더군요

10월이 되었습니다
여전히, 책은 읽지 않고 있습니다

11월이 되었습니다
여전히, 사랑은 하지 않고 있습니다
밤만 되면 꾸역꾸역 치밀어오릅니다
어제의 밥이, 그제의 욕심이, 그끄제의 생각이라는 것이

12월엔 한숨만 푹푹 내쉽니다
올해도 작년처럼 추위가 매섭습니다
체력이 떨어졌습니다 몰라보게
주량이 줄어들었습니다 그런데도
잔고가 바닥났습니다
지난 1월의 결심이 까마득합니다
다가올 새 1월은 아마 더 까말 겁니다

다시 1월,
올해는 뭐든지 잘될 것만 같습니다
1년만큼 더 늙은 내가
또 한번 거창한 계획을 세우고 있습니다
2월에 있을 다섯 번의 일요일을 생각하면
각하(脚下)는 행복합니다

나는 감히 작년을 승화시켰습니다

내년이 모여 매년이

언제부턴가 '매년'이란 표현을 쓰는 게 어색하지 않게 되었다. 올해는 작년과 크게 다르지 않았고, 내년도 아마 비슷할 것이다. 새해는 더이상 새로운 무엇이 아니다. 올해는 작년의 재방송이자 내년의 예고편에 불과할 수 있다. '매년'이란 말을 입에 달고 다니게 되면서, 기대하는 바도 많이 줄어들었다. 거의 대부분 예상할 수 있는 일들이 벌어졌고, 예상하지 못한 일이 벌어졌을 때조차 크게 놀라지 않았다. 나는 예민해지면서 동시에 둔감해지는 법을 터득하고 있었다.

그 와중에도 묵묵히 하는 일들이 있다. 밥을 먹고 책을 읽고 글을 쓰는 일. 순간순간 찾아드는 슬픔을 가만히 끌어안는 일. 슬픔은 매일매일 반복되는 감정, 이럴 때일수록 저 슬픔에 맞서는 지속적인 태도가 필요할 것이다. 그래서 나는 더욱 열심히 밥을 먹고 책을 읽고 글을 쓴다. 앉아서 글을 쓰지만, 글을 쓰는 일은 실은 온몸을 쓰는 일이다. 나는 한자리에 앉아만 있었는데도 기진맥진해지는 나 자신을 발견한다. 이런 분위기가 좋다.

올해에도 내년에도, 나는 쓰고 있을 것이다. 새해는 그렇게 묵은해가 될 것이다. 나는 매년에 점점 가까워질 것이다.

문학동네시인선 039 **이사라** 시집 **훗날 훗사람**

이사라 | 1953년 서울에서 태어났다. 1981년 『문학사상』을 통해 등단했다. 시집으로 『히브리인의 마을 앞에서』 『미학적 슬픔』 『숲속에서 묻는다』 『시간이 지나간 시간』 『가족박물관』 『훗날 훗사람』이 있다. 서울과학기술대 문창과 교수로 재직중이다.

한세상

세상 어디에도 그림자를 만들지 않는 새가
떼를 이루어 칼날처럼 지나간다
하늘이 한순간 베인다

잠시 후 베인 흔적이 서로를 껴안고 아무는 동안
땅에서는 기차가 다리 위를 지나간다

선로 따라 침목의 침묵도 지나
강물 속으로 무거운 굉음을 내려놓는다
굉음이 어느덧 세상에서 사라진다

우리도 이렇게 새처럼 흔적을 지우고 사는 동안

그래도 날마다 바람이 불고
어느 왕조는 무너지고
어느 마을의 사람은 한순간 지진으로
터전을 잃고 흙으로 돌아간다

베일 쓴 여인처럼 역사는 날마다 신비한데

내가 뒤돌아보는 길에 만나는 것들은
어느새 어디를 다녀온 것일까

허공 한 장

허공 한 장
그 속을 선(線)들이 날아다닌다.
선들이 허공을 베지만
곧 허공이 그림자마저 지워버린다.
허공이 더 강하기 때문이다.
아니 허(虛)하기 때문이다.
아니 푸근하기 때문이다.

한강가에 살면서 많은 것을 보고 겪는다. 투명한 유리창 너
머 흔적 남기지 않는 새들의 길을 본다. 대교를 건너는 기차
의 굉음이 침묵 속에서 침묵하는 것을 본다. 꿈틀거리며 살
아가는 모든 것들은 실재하면서도 그림자를 만들지 않는다.

그런 것이 삶이다. 그림자에 갇혀 칙칙한 것 같지만, 한세
상 살다보면 어느 틈에 나는 그림자가 지워진 실재가 되어
신비 속에 스민다. 존재는 그런 것이다. 역사가 그렇듯이,
내 운명이 그렇듯이. 베이는 아픔은 없다.

문학동네시인선 040 윤성학 시집 쌍칼이라 불러다오

윤성학 | 1971년 서울에서 태어났다. 2002년 문화일보 신춘문예를
통해 등단했다. 시집으로 『당랑권 전성시대』 『쌍칼이라 불러다오』가
있다.

평범경작생

나는 구름을 경작하였다*
나는 강물을 경작하였다**
나는 바다를 경작하였다***

누군들 태양을 향해 가고 싶지 않겠는가
해를 등지고 저의 그림자를 경작하는 자의
뒷모습은 환하면서 외롭고
자신을 사랑하는 자의 앞섶은 그리하여 어두운데

나는 저녁을 경작하였다****

* 구름을 일구어 비를 지었네. 비가 강물에 떨어지네.
** 강물을 갈아 별을 심었네. 별이 바다로 흘러가네.
*** 바다를 가다듬어 구름을 빚었네. 구름의 심장 박동수를 재어보네.
***** 저녁을 경작하여 지구를 쏘아올렸네. 그가 나를 23.5도 기운
눈빛으로 내려다보네.

제40호 의제, 식물성 인류에 관한 서신

다시 식물원입니다. 식물원에서는 시간이 마디게 흘러가서 좋습니다. 와야 할 것은 멀리 있고 떠나보내야 할 것들도 서둘러 가지지 않습니다. 나무 사이를 걸으며 그들의 이름표를 읽으면 나무처럼 아주 천천히 나이를 먹습니다. 걸음이 느려져 유일하게 내가 내 마음에 드는 시간입니다. 부드러웠던 명자나무의 가지가 가시로 변해, 상처에도 나이테가 생긴다는 것을 깨닫는 공간입니다.

평범함을 곡진히도 나무랐던 그대여.
강을 건널 때마다 멀리 발전소의 굴뚝을 바라봅니다. 나무가 그러하듯, 굴뚝이 그러하듯 한자리에 오래 서 있는 것들을 오래 쳐다봅니다. 오래된 슬픔. 이토록 극진한 일상을 견디며 가까스로 평범함의 척추를 세운 풍경입니다. 나무 아래 서 있을 때 혹은 나무에 기대앉아 있을 때 그의 몸부림이 전해져오는 것은 이러한 까닭입니다.

나무화석을 만져봅니다. 아주 오래전에 쓰여진 평범한 시 한 편. 자신의 일상을 경작하던 자의 주검입니다. 시는 나무로부터 와서 돌이 됩니다. 시집 한 권이 규화목이 되어 남는다면 그대여, 기억이 작동하듯 작동이 기억되듯 돌의 내부

에 기록된 것들이 끝내 손에 전해진다면, 결국 사라진다면

나무가 돼야겠습니다. 다음 생이 오기 전에.

문학동네시인선 041 **박상수** 시집 **숙녀의 기분**

박상수 | 1974년 서울에서 태어났다. 2000년 『동서문학』을 통해 등단했다. 시집으로 『후르츠 캔디 버스』 『숙녀의 기분』이 있다.

호러

취한 애는 더 쏟아냈어 아무 말이나 막 해대더니 깔깔깔
웃었어 웃음병에 걸린 것처럼 웃어대다가 쓰러졌지 오버할
때부터 알아봤다 소주랑 맥주랑 잘도 말아주더니 자기가 먼
저 떡이 돼버렸어

같은 방향이니까 나보고 데려가래 취한 애랑 나를 택시에
밀어넣었다 그러지 마 얘들아, 난 몰라, 방향은 같지만 얘네
집을 몰라, 얘들은 살았다는 표정으로 손을 흔들었다

너 나 싫어하지?

고개도 들지 않고 취한 애가 뇌까렸어 작화가 붕괴된 애처
럼, 이리저리 흔들리면서, 딸꾹질을 해댔어 내가 등을 쓸어
주니까 내 팔을 쳐내면서 가식 떨지 마, 으르렁댔어

그렇게 듣고 싶어?

실내경으로, 기사 아저씨가 우릴 봤지 어디서 식용유가
새나 했더니 기사 아저씨 떡진 머리, 흡, 잔뜩 참으며, 넌 걱
정이 없어 보여, 그걸 참을 수가 없단다, 말해주려는데 차

가 한 번 들썩였지 한 번 더 들썩이니까 취한 애가 자기 입
을 막았어

쿨렁
쿨렁 쿨렁

굉장했다, 정말 굉장하게 쏟아냈어, 5만 원 아니면 경찰
서래 둘이 합쳐서 2만 원을 주니까 삿대질을 하다가 아저씨
는 우릴 버렸다 가래침을 세 번 뱉고 아무데나 우릴 버렸어
취한 애가 중얼거렸다 여기가 어디야, 모르겠어 여기가 어
딘 거야, 나도 모른다고! 핸드폰을 꺼냈더니 배터리가 0이
래, 켜자마자 꺼지고, 네 건? 취한 애가 코트 여기저기 뒤졌
지만 나올 줄을 몰랐어

우리는 걸어갔지 마포대교 위를

앞서거니 뒤서거니 걸어갔어 머리만 아프고…… 찬바람
이 쉴 새 없이 불었다, 애들아, 다음에 만나면 얘기해줄게,
세상에서 제일 긴 다리가 우리나라에 있었어! 어쩌면 좋아,
차도 안 다니고…… 취한 애 코트에서 자꾸만 쉰 맥주랑 쉰

김밥 냄새, 아니 내 목도리에서 나는 걸까, 현기증이 나면
서 나는 주저앉았다
　취한 애가 옆에 오더니 소리쳤어

　여기다 사람을 버려? 악독해 진짜 악독하다구!

　멀리 63빌딩까지 메아리가 쳤지

　나쁜 것들! 어떻게 우리한테 이래!

　그래, 어떻게 이럴 수가 있어! 따라 외치니까, 아랫배가
단단해지면서 조금 힘이 생겼다, 일어서서 취한 애랑 팔짱
을 끼려다 움찔, 뒤로 물러났지

　세상에, 취한 애 정신이 돌아와 있었어.

잘 가, 샤라랑

눈처럼, 코코넛 파우더가 술술 내려와요. 아무렇게나 헝클어진 내 머리칼을 덮어줘요. 성을 쌓고 그 안에서 살고 싶지만 늘 거리 위를 떠돌아다니는 아이. 난 오래전부터 버려진 세상의 언어를 쓰고 싶었어. 시가 될 수 없는 말들. 그럼에도 명백하게 우리를 구성하는 말들. 내가 살고 있는 땅, 온기 없는 관계를. 당신 마음의 질투를. 분노를. 상처를. 그건 모두 다 내 마음에 섬뜩하게 공명되어 느껴졌어요. 어쩌지. 너무 많은 소리가 들려. 나날의 한숨. 병든 사람들. 아무도 없는 뒷골목에 버려져서 썩어가는 상상을 했어요. 색색의 캔디들이 하늘에서 하루종일 쏟아지는 그런 뒷골목. 발목도 없이 누워 있어요. 감사, 기쁨, 미래, 성공, 우정, 진실, 믿음…… 세상에 그런 게 있나요? 있었으면! 있었으면!! 내가 지금 아무 생각 없는 못된 애로 보이나요? 살아 있는 사람들이 제일 무서워. 그래도 버림받기 싫어. 이 시집에 속지 말아요. 당신이 가버릴까봐. 심각해질까봐 힘을 내어 당신을 겨우 웃기고 있으니까. 베이비핑크 41번. 부드러운 위로 같은 거. 달달한 대화 같은 거. "가시엉겅퀴즙 / 머리카락 / 바비 립 에센스 / 죽은 토끼 / 코코넛 파우더 // 샤라랑 / 샤라랑" 시인의 말에 속지 말아요. 바비 언니들이 그려진 립에센스를 발라 블링블링하고 싶지만 죽은 토끼를 들고 있을

때가 많은 아이. 가시엉겅퀴처럼 이미 머리가 엉켜버린 아
이. 그런 애가 나오는 시집. 그러니 속지 말아요. 숙녀의 기
분. 그런 건 세상에 없어요. 그렇지만 나는 당신 곁에 있답
니다. 마법이여 다시 한번!

문학동네시인선 042 **고형렬** 시집 **지구를 이승이라 불러줄까**

고형렬 | 1954년 강원도 속초에서 태어났다. 1979년 『현대문학』을 통해 등단했다. 시집으로 『대청봉 수박밭』 『사진리 대설』 『성에꽃 눈부처』 『밤 미시령』 『나는 에르덴조 사원에 없다』 『유리체를 통과하다』 『지구를 이승이라 불러줄까』, 장시집으로 『리틀 보이』 『붕새』 등이 있다.

다시 작년의 지하도를 통과하며

해마다 그 지하도엔 연말이 온다

똑같이 저들의 발걸음과 소곤대는 말소리는
여기서 작아진다

춥겠다, 대리석 지하도를 건너가는 말
구두들은 다시 돌아오지 않는 시간을 건넌다
이 수도의 밤벌 속에서
찰랑찰랑, 알 길 없는 물의 흔들림만

다시 그들은 불이익을 재생하지 않는다
저 손은 나의 손, 저 다리도 나의 다리, 저 불빛은
나의 불빛이었다

찢어진 등짝 아래, 레일을 미는 쇠바퀴 소리
한강 건너 잠실로 돌아가는
해조음 속에선 죽음의 자장가만 선곡(先曲)된다

이제 아침은 그를 다신 찾지 않으려 한다

배면(背面)이 되며 그의 생은 지워지며
도시 전입의 시말을 끝까지 복기하지만
K 시인은,
지하도를 쩌렁쩌렁 속보로 건너가고 있었다

그 지하도에 다시 연말이 오고 있다

행방불명

　토사곽란의 회복기이다. 이 시집을 내고 오십대를 마감하
고 육십이 됐다. 자신에게 통쾌하다. 소통되지 않는 죽음 쪽
을 향한 이 지구에서의 외침. 시간이 짧아지면서 자신에게
호통친다. 나를 사랑하지 않고 미워한다. 사회적이고 실사
적인 것들로부터 격리시킨다. 너무 오래 사회적이었다. 지
구가 공전하고 있다는 사실을 붙잡아매려는 언어들이다. 그
곳엔 통한과 통과가 있다. 그것은 곧 절망이다. 다른 '저어
쪽'에서 살았고 이 시들을 썼다. 탈의(脫衣)일까 탈신(脫身)
일까. 낯설음과 다른 피가 섞였다. 한 시대와 시절을 건널 맨
피를 흘린다, 조용히. 조용한 피라니! 한 그루의 세한목((歲
寒木) 혹은 세한송(歲寒松))으로 두들겨맞았다. 시는 매일
과학과 현실로부터 저항하고 도망친다. 어디까지 가다 그만
두나 본다. 시단은 냉정한 곳이다. 그들은 시로 살아간다.
정신의 언어들이 파도치는 난바다가 문단이다. 여자를 칼로
찌르고 남자에게 독을 먹이던 자들은 모두 어디로 갔나. 우
리는 또 살아남았다.

문학동네시인선 043 리 산 시집 쓸모없는 노력의 박물관

리산 | 2006년 『시안』을 통해 등단했다. 시집으로 『쓸모없는 노력의
박물관』이 있다.

오드아이

우리는 말을 했다, 평생토록 뒷마당을 서성이며 허블망
원경만 들여다본 과학자에 관해 육 년간이나 계속되었다는
화산겨울의 암흑과 칠천사백 년 전 해안선을 따라 이주해
온 순다열도의 원주민에 관해 곰과 새와 순록의 소리를 내
며 추는 춤과 자정이 돼서야 어두워지는 여름 툰드라, 벼락
의 빛으로 나아가는 한밤의 항해에 관해 우리는 말을 했다

우리는 말을 했다, 칼에 꽂힌 양고기를 베어 먹느라 주둥
이가 다 해진 늑대와 피 묻은 입술을 닦으며 생각하는 늑대
의 먼 전생, 왕궁의 성벽 아래 아무도 믿지 않는 계시의 말
을 읊조리던 무녀의 비애에 관해 입술에 입술을 맞대고 맹
세하던 이방의 말들에 관해 칠만 년 된 언어의 마지막 구사
자인 인도인 노파와 그 죽음에 관해 사기와 조개에 이름이
적힌 자는 추방당한다는 패각추방에 관해

우리는 말을 했다, 패치워크로 감싼 주전자에 두고두고
따뜻한 차를 내려 마시며 우리는 말을 했을 뿐인데, 가슴에
꽂힌 칼날들은 다 어디서 온 걸까 이건 또 무슨 풀지 못한 난
수표처럼 우리가 깨닫지 못한 채 사멸돼가는 고대의 언어인
걸까 우리는 말을 했다, 서로 다른 구석을 그리워하는 멧새

떼처럼 서로 다른 곳에서 온 점령군처럼 우리는 말을 했다

최고 타입의 구식으로 빚은 술이나 한잔

폐허 속의 이끼와 가랑잎으로 적은 말들을 당신에게 보낸다.

거리로 나간 말들이 애처로워 이제 나는 죽지도 못할 것이다.

그러나 확신과 견해의 저 뒤에 있는 다 말해지지 않은 현실, 그 현실이 다르지 않은 영혼들만이 서로를 도울 수 있다는 말을 나는 믿는다.

'엉삐우심'('엉뚱하고 삐딱하며 우스우면서도 심오한'이라는 뜻으로 철학자 김진석의 독창적 용어) 행복한 소수인 당신과 나를 위해 무너진 돌 벽을 세우고 폐허 속에 집을 짓는다.

나는 우리를 상상한다.

문학동네시인선 044 **손월언** 시집 **마르세유에서 기다린다**

손월언 | 1962년 전남 여수에서 태어났다. 1989년 『심상』을 통해 등단했다. 시집으로 『오늘도 길에서 날이 저물었다』 『마르세유에서 기다린다』가 있다.

마르세유에서 기다린다

부둣가에 음악 영감이 있다
CD 플레이어를 음식 올린 접시처럼 받쳐 들고
안테나 달린 헤드폰을 쓰고서 언제 보아도 눈을 감고 반
듯하게 앉아 있다
오늘은 날이 추워서 빨간 목도리를 두르고 나왔다
영감 속을 모르는 사람들이 영감이 앉은 벤치 앞길을 걸
어 바다를 보러 간다
요새(要塞) 옆 바닷가에는 바람에 시달려 자라다 만 나무
가 두세 개 있고
겨우내, 젊은 두 남자는 먹을 것을 담은 봉지와 라디오와
콜라를 따로 들고 와서
연인처럼 다정하게 나무들 사이에 들어앉아 있다
들어앉은 그들을 가리기에는 나무들 키가 너무 작아,
나무를 깔고 나앉아 있는 것처럼 옹색해 보이는데도
둘은 편안하게 들어앉아서 라디오를 틀고 콜라를 마신다
꼭, 거기서 매일
오후 두세시면 어김없이 겨울 수영을 즐기는 벌거숭이들
이 서넛 떠들썩거리고
바람이 아주 심하지만 않으면 안경잡이 전동 휠체어가 낚
시를 나온다

214

물 멀리 낚시를 던져놓고 낚싯대 사이를 굴러다니며 지
낸다
　그들을 바라보며 매일 부두를 거닐고 바다를 보러 다니
면서
　어느새 나도 그들에게로 물처럼 스며들어
　그들과 함께 마르세유에서 기다린다

생이 못다 읽어도……

마르세유에서 홀로 지낸 겨울 한 철은 꿈결 같았다. 알프스의 산들이 전속력으로 달려와서 마지막에 다다른 곳, 그 끝자락들은 언덕을 이루고 그 언덕들이 또다시 바다로 내리닫아 항구를 이룬 도시. 그 언덕에 올라서면 짙푸른 바다가 아득하게 멀어갔고, 부둣가에서는 먼 바다를 돌아와 정박한 수많은 배들이 빈 돛의 숲을 이루고 있었다. 아침나절에는 어시장을, 저물녘에는 노을이 지는 바닷가를, 한국말로 된 독백에 싸여 걸었었다.

그리고 밤으로 돌아갔다. 백열등 하나가 천장에 매달린 작은 스튜디오에서 자리를 깔고 엎드려 종일의 독백을 복기했다. 오래 묵은 것들로부터 지금까지를 껴안고 뒹굴며 닦고 문질렀다. 그 밤들에 어루만진 시들을 모은 시집 『마르세유에서 기다린다』는 샛노란 양겨자 색깔 표지를 입고 문학동네에서 출판되었다.

시집을 펼쳐본다. 오 호호! 바닷가들과 황혼의 때들이 돛폭을 펼치고 바람을 품는다. 마음이 설렌다. 나는 이 책의 승객이며 선장이며 선주가 되어 비로소 다음 기항지를 그리워하게 된 것이다. 마침내에도 오지 않을 것들을 기다려야만 하는 사람됨을 따뜻하고 깊게 느끼게 하는 여행 기록이기를…… 아직도 나는 내 책이다.

문학동네시인선 045 윤성택 시집 감(感)에 관한 사담들

윤성택 │ 1972년 충남 보령에서 태어났다. 2001년 『문학사상』을 통해 등단했다. 시집으로 『리트머스』 『감(感)에 관한 사담들』이 있다.

여 행

여정이 일치하는 그곳에 당신이 있고
길이 생겨나기 시작한다
시간은 망명과 같다 아무도 그
서사의 끝에서 돌아오지 못한다
그러나 끝끝내 완성될 운명이
이렇게 읽히고 있다는 사실,
사랑은 단 한 번 펼친 면의 첫 줄에서
비유된다 이제 더이상
우연한 방식의 이야기는 없다
이곳에 도착했으니 가방은
조용해지고 마음이 열리기 시작한다
여행은 항상 당신의 궤도에 있다

타인이라는 여행

　베개를 가슴에 끼고 엎드려 이불을 뒷목까지 끌어 덮는다. 그리고 검지를 인중에 가만히 얹는다. 이 밤을 가장 예우한다는 표시이다.

　액정 불빛이 내 눈동자에 비치면 어느 먼 바닷가 보안등이 파르르 떨린다, 고 상상하는 동안 누구는 눈동자를 열어 그 담벼락에 가만히 기대기도 할까.

　이 새벽, 눈[目]에서 눈[目]으로 가설을 하고 검지 끝으로 불을 켜는 밝기는 몇 럭스의 인연일까 싶어서.

　좀체 오지 않는 잠이 막차를 기다리듯 이 정류장에 서성인다. 타인이라는 여행에서 가장 슬픈 것은 아직도 내가 타인이라는 것이다.

문학동네시인선 046 **조영석** 시집 **토이 크레인**

조영석 │ 1976년 서울에서 태어났다. 2004년 『문학동네』를 통해 등단했다. 시집으로 『선명한 유령』 『토이 크레인』이 있다.

그대의 뜨거운 눈

새벽까지 잠들지 못하는 그대의 눈
난 그 눈을 한 꺼풀 고이 벗겨내
깊은 계곡 차디찬 물로 씻어주고 싶었네
온종일 붉은 핏발이 선
하여 풀냄새 나는 것들 앞에선
여지없이 녹아내리고 마는 그대의 눈이
가여워
짐승들의 후각이 닿지 않는 곳까지 데려가
오래오래 고이 숨겨두고 싶었네
내 눈은 이미 오래전 모래가 차올라
버석거리고 그대의 눈을 내 눈 속에 넣고
찰랑거리는 물소리를 밤새 들으며
나를 놓지 마오 나를 놓지 마오
녹아내리듯 잠들고 싶었네
오늘밤 온종일 붉게 녹아내린 그대의 눈
뿌리에 고인 물이 한없이 따뜻하네
제 몸을 다 녹이고 나면
이 밤 또 유리 조각처럼 부서지고 말
그대의 눈,
내 눈이 그대의 눈이 되기를

222

나는 그대의 이마를 짚으며 잠이 드네.

지옥이자 구원인

　오랫동안 타인은 지옥이라는 사르트르의 말과 싸우느라 애면글면 해왔다. 몇 년 사이 이 땅의 기후는 급격히 나빠졌고 내 조울(躁鬱)의 골은 깊어졌다. 부모가 자식을 죽였고, 노인들은 홀로 죽어갔다. 제 집과 땅에서 쫓겨난 빈민들이 용역 깡패에게 얻어터졌고, 소처럼 골수를 다 바치고 회사에서 잘린 노동자들이 파업과 복직에 목숨을 걸었다. 빚잔치를 끝낸 도처에서 남녀와 노소가 연탄을 피우고 영원 속으로 잠들 만큼 세상은 무참하였다. 그럼에도 상처투성이로 살아남은 자들의 손을 맞잡으며 서로의 상처를 지극히 핥아 아물게 하는 또다른 타인들을 나는 본다. 이 세상이 아직 지옥은 아니라는 것을 온몸으로 증명하는 수많은 타인들. 그런 타인들끼리의 사랑과 보살핌, 끈끈한 연대가 주는 경이 앞에 나는 매번 온몸이 무너진다. 김광석의 목소리로 어느 60대 노부부의 이야기를 들으며 무촌이 도달할 수 있는 사랑의 경지에 울컥하여 울었고, 앤 셜리의 재잘거림을 사랑하는 매튜와 마릴라의 그린게이블에 살고 싶어 가슴 설렜다. 나는 DNA를 나누지 않은 종(種)들끼리의 사랑만이 세계의 종말을 막아줄 것이라고 믿는다. 나에게 있어 타인은 여전히 지옥이지만 구원 역시 그 속에 있다는 것을 이제는 안다. 광활한 우주 속에 지구의 종과는 다른 생명체가 있

을 것이지만, 그들을 찾기까지 얼마나 막막한 시공간을 건
너야 하는지 아직은 모른다. 그럼에도, 우리가 외롭지 않다
는 것을 이 우주 어딘가에 누군가가 있다는 것을 증명하기
위해서는 지옥 같은 우주 속으로 떠나야 한다. 이미 오래전
보이저가 그 길을 떠났고, 아직도 무한의 침묵 속을 헤엄쳐
가고 있듯이.

문학동네시인선 047 이 향 시집 **희다**

이향 | 1964년 경북 감포에서 태어났다. 2002년 매일신문 신춘문예를 통해 등단했다. 시집으로 『희다』가 있다.

희다

어딘가에 닿으려는 간절한 손짓

펄럭이다 돌아오는 사이

이미 내 목덜미를 감고 있다

낙타가 모래바람을 건널 때 순한 눈을 가려줄
속눈썹 같은,

깊은 잠 베게 밑에서 긴 머리카락을 쓰다듬어줄
손가락 같은, 그 빛에 싸여

우리는 이미 가고 있는 것일까

언젠가 어쩔 수 없이 몸을 놓아야 할 때

가만히 내미는 손

초면 같지 않아 오래 들여다보면

따라가보고 싶지만

아직은 이 골목 저 골목 당신을 기웃거리는

그 빛,

당신에 관한 오해

얼마나 더 기다려야 할까요. 사랑은 원래 모가지가 길다는 걸 모르는 건 아니었지만 당신 입술은 아직 거기 있군요. 있는 힘을 다해 목을 빼올립니다. 뿌리에서 올라오는 속삭임을 향해, 언젠가는 내 귓불을 간지럼 태워줄 솜털 같은 언어를 기다립니다. 사랑이 오기 전, 기다림이 오기 전 이미 벌어진 입은 공허한 울림으로 간혹 바람을 불러들입니다. 무엇으로 이 벌어진 입을 틀어막을 수 있을까요. 모가지가 돌아가도록 당신을 잠가보지만 헛바퀴 돌듯 다시 제자리로 돌아오는 당신. 그곳에는 고무패킹이 다 삭아버려 속이 훤히 들여다보이는 잇몸 없는 빈 입술이 헛웃음 흘리고 있네요. 저 혼자 눈뜨지 못한 꽃이 어둠의 아랫도리를 더듬어보지만 싸구려 플라스틱 의자 다리 같은 것만 만져지네요. 그래요, 어쩌죠, 차마 눈뜰 수 없는 건 이것이 시(詩)일까 두려워 그냥 이렇게 캄캄할래요.

얼마나 더 기다려야 할까요. 사랑은 닦을수록 번지는 얼룩이라는 걸 모르고 시작한 건 아니었지만, 흐르는 벽을 누가 안아줄까요. 때로는 희멀건 얼룩이 벽이 될 줄 누가 알았겠어요. 당신은 우리가 있기 전부터 예견이라도 한 듯 얼굴을 드러내고 있네요. 흐르는 얼룩을 보면서 눈물도 기댈 데

230

가 있어야 흐른다는 걸 알았을 때, 이미 우리는 꽃이 아니라 꽃의 기억이었는지 모릅니다. 꽃은 자신이 꽃이라는 걸 알기나 할까요. 사랑이 사랑을 모르고 지나쳐가는 것처럼, 꽃도 그렇게 가는 것을 괜히 붙잡아세워 시비 걸어봐야 무슨 소용 있겠어요. 오해, 당신에 관한 오해, 어쩌면 우리는 한순간 오해의 힘으로 이렇게 버텨가고 있는 건 아닐까요. 오해 속에서 꽃은 지고 사랑도 가고 애써 얼룩을 지우려 할수록 오해를 뒤집어쓰고, 그 오해의 배꼽에서 시가 태어나는 건 아닐까 두려워, 그냥 이렇게 눈뜨고 있을래요.

—

—

—

—

문학동네시인선 048 **윤제림** 시 집 **새의 얼굴**

윤제림 │ 1960년 충북 제천에서 태어났다. 1987년『문예중앙』을 통해 등단했다. 시집으로『삼천리호 자전거』『미미의 집』『황천반점』『사랑을 놓치다』『그는 걸어서 온다』『새의 얼굴』 등이 있다. 서울예대 광고창작과 교수로 재직중이다.

새의 얼굴

어떻게 생긴
새가
저렇게 슬피
울까

딱하고 안타깝고
궁금해서
밤새 잠을 못 이룬 어떤 편집자가
자기가 만든 시집에는
꼭
시인의
얼굴을
넣어야겠다고
생각했을 것이다

그뒤로부터 시집에는 으레
새의
얼굴이
실렸다.

피난열차

덕수궁 현대미술관에서 우리 근현대회화를 대표하는 그림 100점을 보았다. 편편이 귀하고 아름다웠다. 물론 내가 좋아하는 몇 명의 화가와 작품이 눈에 띄지 않아서 의문과 아쉬움도 없지는 않았다. 그러나, 이해할 수 없는 일은 아니다. 그림 주인이 못 빌려주겠다는 것을 어쩔 것인가.

아무려나, 우리 미술사의 별들이 나를 위해 줄지어 모인 것만 같아서 한없이 기쁘고 고마웠다. 나오는 길에 동행에게 물었다. "여기 걸어놓은 그림들 중에 딱 한 점을 공짜로 주겠다면 당신은 무엇을 달라고 할 것이오?" 코흘리개가 던진 것처럼 싱거운 질문을 받고 친구는 적이 당혹스러워했다. 그가 어렵사리 꺼내놓은 답은 오지호(吳之湖)의 「남향집」이었다. 봄볕에 어룽거리는 나무 그림자가 푸른 실핏줄처럼 살아서 꿈틀거리는 것이 사무치게 좋다고 했다. 고개를 끄덕여주었다.

나는 김환기(金煥基)의 「피난열차」를 갖겠다고 했다. 한없이 슬픈 장면이 가없이 아름다운 풍경이 된 그림이다. 피난민들이 화병의 꽃들처럼 가지런하다. 인간과 기차가 평화로운 정물이다. 눈 코 입도 없는 얼굴들에 갖은 표정이 다 보인다. 나도 그 기차에 오르고 싶어진다.

「피난열차」 같은 시 한 편을 쓰고 싶다. 시는 모든 난리와 싸움의 시공(時空)을 달리는 피난열차 아니던가.

문학동네시인선 049 박태일 시집 달래는 몽골 말로 바다

박태일 | 1954년 경남 합천에서 태어났다. 1980년 중앙일보 신춘문예를 통해 등단했다. 시집으로 『그리운 주막』 『가을 악견산』 『약쑥 개쑥』 『풀나라』 『달래는 몽골 말로 바다』 등이 있다. 경남대 국문과 교수로 재직중이다.

레닌의 외투

아침저녁 오갈 때마다
혹 당신일까 길 건너로 지나치다
올랑바트르에 머문 셋째 주인 오늘
올랑바트르 호텔 앞에 선 당신을 처음 만난다
옆구리에 무거운 외투를 낀 채
익은 듯했던 모습은 동상 앞쪽에 새긴 레닌
레닌 막 배우기 시작한 몽골어로 확인하며
나는 눈인사를 보낸다 레닌
당신보다 먼저 알았던 동지 카우츠키
1970년대 초반 어린 대학생 시절 나에게
그의 책 『계급투쟁』 복사본을 건네주었던 친구는
서독으로 흘러가 동독 문학을 배우고
독일인 아내와 돌아왔지만 그가
처음 말아주었던 대마초 매운 연기처럼
올랑바트르 겨울 공기는 낮고 어둡다
그 카우츠키가 어떻게 살았는지 나는 잊었고
또 당신이 어떻게 그를 다루었는지 희미하지만
칭기스항과 자무하가 뿌린 넓은 땅
올랑바트르 붉은 영웅의 도시에
영웅으로 와서 오래 즐거웠을 당신

잿빛 걸음을 공중에 묶어둔 채
아직도 몽골 정부청사 건너 쪽
그보다 더 큰 대사관으로 남은 조국 러시아와 함께
당신 또한 울랑바트르 많은 동상 가운데서
우뚝 높은 모습으로 지쳐 있는가
조국에서조차 허물어져내린 당신을
70년이나 머물렀던 당신을 그냥 둔
몽골 사람들 깊은 속을 알 순 없으나
어릴 적 혼자 앓다 낫던 생인손처럼
이 많은 사람 속에 당신은 문득 잊혀진 사람이던가
어느덧 당신이나 나나 고향을 두고 온 사람
나는 기껏 종가집 갓김치와 진간장을 사기 위해
해발 1350미터 거리 여저기
상점을 기웃거리는 좀스런 사람이 되었고
어지러웠을 혁명의 갈피마냥 촘촘하게
둘레 산마루까지 올라붙은 판자 판잣집들
3억 원짜리 아파트와 무상의 땅 밑 맨홀집이
중앙난방 한 온수로 함께 따뜻한 이곳
너무 멀리 맑은 초원과 하늘
너무 뚜렷한 삶의 위아래

두 세상 끝을 한 품에 안고도
아침이면 모두 평등하게 일어나는 도시
그것을 밤낮없이 눈뜬 채 지켰을 당신은
무엇을 생각하고 있는가
홀로 입술 다물고 선 당신이
한 시절 돌보지 못했던 내 청춘 같고
1970년대 흩어진 사랑 같아 쓸쓸하기만 한데
낡은 전동버스는 흐르다가 서고 흐르다가 선다
거리전화 손에 든 사람들 전화기와 전화기 사이로
낮을 훑는 북국 바람은 무더기로 밀려와도
당신은 한결같이 평안하신가
안녕 레닌
안녕 안녕 레닌
오가는 이 끊긴 올랑바트르 호텔 앞
차를 닦는 아주머니나
손을 기다리는 기사들 눈길조차 주지 않는 쌈지공원
무엇을 위해 덩그러니 당신 그리고 나는 서서
엘지 스카이텔 광고판과 그 너머
2250미터 높고 긴 벅뜨항 산을 바라보고 있는가
몽골보다 먼 북쪽 나라

러시아에서 온 당신을 만나
몽골 사람보다 더 가까운 듯싶은 이 느낌이 서글퍼서
나는 또 혀끝으로 입천장으로
웅얼거린다
안녕 레닌
안녕.

몽골, 눈길 멀리 둔 그리움

숲과 사막, 산과 들을 다 갖춘 지역이 몽골이다. 짧은 여름과 긴 겨울로만 이루어졌다. 광대와 아기자기, 절망과 평화가 한곳에서 살아간다. 거기서 보낸 한 해의 체험을 매듭짓는 데 일곱 해가 걸렸다. 내 안으로 들어섰다 돌아나간 몽골은 이미 몽골이 아니다. 시를 채우고 있는 낯선 몽골 말은 그저 소리로 즐기면 되리라. 함박눈 두런거리는 소리거나 갑작스런 비에 넘치는 강물, 못 보던 까마귀 후두두 나는 소리.

앞으로 몽골은 더 바쁘게 달라질 것이다. 먼 곳으로 눈을 준 채 외투를 쥐고 서 있는 레닌 동상만은 달라지지 않을 몽골처럼 걸음을 지키고 있을까. 몽골은 지나온 걸음길 벌써 흐릿한 젊음의 작고 얇은 구름 차표다. 달라지고 싶지만 달라질 수 없었던, 달라지고 싶지 않지만 달라져야 했던, 당신이나 나나 늘 청동빛 추억으로만 안절부절 행복했던가. 아직도 몽골은 우리가 잊은 마음의 오지, 눈길 멀리 둔 그리움이다.

문학동네시인선 050
영원한 귓속말
ⓒ 최승호 외 2014

1판 1쇄 2014년 3월 10일
1판 11쇄 2024년 5월 7일

지은이 | 최승호 외
책임편집 | 김민정
편집 | 이경록
디자인 | 수류산방(樹流山房) 본문 디자인 | 유현아
마케팅 | 정민호 서지화 한민아 이민경 안남영 왕지경 정경주 김수인 김혜원
　　　　김하연 김예진
브랜딩 | 함유지 함근아 고보미 박민재 김희숙 박다솔 조다현 정승민 배진성
제작 | 강신은 김동욱 이순호
제작처 | 영신사

펴낸곳 | (주)문학동네
펴낸이 | 김소영
출판등록 | 1993년 10월 22일 제2003-000045호
주소 | 10881 경기도 파주시 회동길 210
전자우편 | editor@munhak.com
대표전화 | 031) 955-8888 팩스 | 031) 955-8855
문의전화 | 031) 955-2696(마케팅), 031) 955-2678(편집)
문학동네카페 | http://cafe.naver.com/mhdn
인스타그램 | @munhakdongne 트위터 | @munhakdongne
북클럽문학동네 | http://bookclubmunhak.com

ISBN 978-89-546-2432-9 03810

www.munhak.com

문학동네